Deseo™

Amar por venganza

YVONNE LINDSAY

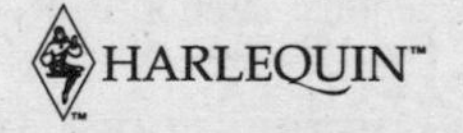

Editado por HARLEQUIN IBÉRICA, S.A.
Núñez de Balboa, 56
28001 Madrid

AMAR POR VENGANZA, N.º 1707 - 3.3.10
Título original: Convenient Marriage, Inconvenient Husband
Publicada originalmente por Silhouette® Books.

I.S.B.N.: 978-84-671-7848-7
Depósito legal: B-1394-2010
Editor responsable: Luis Pugni
Preimpresión y fotomecánica: M.T. Color & Diseño, S.L.
C/ Colquide, 6 portal 2 - 3º H. 28230 Las Rozas (Madrid)
Impresión y encuadernación: LITOGRAFÍA ROSÉS, S.A.
C/ Energía, 11. 08850 Gavá (Barcelona)
Fecha impresion para Argentina: 30.8.10
Distribuidor exclusivo para España: LOGISTA
Distribuidor para México: CODIPLYRSA
Distribuidores para Argentina: interior, BERTRAN, S.A.C. Vélez Sársfield, 1950. Cap. Fed./ Buenos Aires y Gran Buenos Aires, VACCARO SÁNCHEZ y Cía, S.A.
Distribuidor para Chile: DISTRIBUIDORA ALFA, S.A.

Capítulo Uno

–Cásate conmigo y te compensaré.

¿Qué demonios estaba haciendo allí? Amira Forsythe, más conocida como «la princesa Forsythe», estaba tan fuera de lugar en el lavabo de caballeros del salón de actos anexo a la capilla del colegio Ashurst como lo estaba en su vida. Punto. No sabía qué le parecía más extraño: esa petición o que lo hubiera seguido hasta allí.

Brent Colby se apartó del lavabo y, sólo después de secarse cuidadosamente las manos y tirar la toalla en la cesta de mimbre, se volvió hacia ella.

La miró de arriba abajo, desde la preciosa melena de un tono rubio dorado que caía sobre sus hombros hasta el inmaculado maquillaje o el exquisito traje negro que cubría sus generosas curvas. Su fragancia, una intrigante combinación de flores y especias, penetró en sus sentidos calentando su sangre, que se concentró directamente en su entrepierna.

En el cuello llevaba un collar de perlas que hacía juego con el tono nacarado de su piel. Pero bajo ese perfecto exterior, era evidente que estaba asustada.

¿Asustada de él?

Debería estarlo. Desde que lo dejó plantado en el altar ocho años antes, Brent había estado furioso con ella.

Pero cuando Amira dejó claro que no tenía justificación alguna para tal comportamiento, él reconstruyó su mundo, sin su prometida.

Y para mejor.

Brent clavó los ojos en los de Amira y sintió cierta satisfacción al ver que sus pupilas estaban dilatadas, casi ocultando el iris azul; el distintivo azul de los Forsythe.

¿Casarse con ella? Tenía que estar de broma.

–No –contestó, pasando a su lado.

Incluso volver al salón de actos, donde los congregados intercambiaban aburridas frases hechas tras el funeral por la esposa del profesor Woodley, sería preferible a aquello.

Pero Amira puso una mano en su brazo.

–Por favor, Brent. Necesito que te cases conmigo.

Él miró su mano, intentando no traicionar lo que le hacía sentir ese roce; cómo todo su cuerpo se ponía tenso, cómo los latidos de su corazón aumentaban de velocidad. Que nada le gustaría más que enterrar los dedos en su sedoso pelo rubio y besar su cuello.

Incluso después de ocho años, Amira Forsythe seguía afectándolo de esa forma.

Pero en lugar de soltarlo, ella apretó más su brazo con gesto desesperado. Brent no sabía lo que tenía en mente, pero una cosa era segura: él no quería saber nada.

–Aunque estuviera dispuesto a hablar del asunto, éste no es ni el sitio ni el momento.

–Mira, Brent, sé que estás molesto conmigo...

¿Molesto? Aquella mujer lo había dejado plantado ante el altar en una iglesia llena de invitados con poco más que un mensaje de texto al padrino. Sí, estaba un poco «molesto» con ella. Brent tuvo que controlar una carcajada.

–Por favor... ¿no quieres escucharme al menos?

La voz de Amira temblaba ligeramente. Sólo ligeramente. Otro ejemplo de la inimitable calma de los Forsythe. Pero si su abuela estuviera viva, sin duda se sentiría profundamente decepcionada con su única nieta por mostrar tal debilidad.

–Si no recuerdo mal, tuviste una oportunidad de casarte conmigo y la desaprovechaste. No tenemos nada más que decirnos.

–Tú eres el único hombre en el que puedo confiar.

Brent se detuvo, con la mano en el picaporte. ¿Confiar en él? Eso era hilarante viniendo de ella.

–¿Tú confías en mí? ¿No temes que me quede con tu dinero? Porque, después de todo, el dinero es el problema, ¿no?

–¿Cómo... cómo lo sabes?

Brent suspiró.

–Con la gente como tú, siempre lo es.

Seguir hablando con Amira era lo último que necesitaba, de modo que, de nuevo, Brent empujó el picaporte.

–Espera. Al menos dame una oportunidad de

explicarte por qué. En serio, te compensaré. Te lo prometo.

–Como si tu palabra valiese algo…

–Te necesito, Brent.

Una vez habría caminado sobre brasas ardiendo por oírla decir eso otra vez, pero ese tiempo había pasado. Los Forsythe de este mundo no necesitaban a nadie. Punto. Utilizaban a la gente. Y cuando habían terminado de utilizarlos, los descartaban. Pero había algo en su tono, y en las líneas de preocupación que se marcaban en su frente, que despertó su interés. Que tenía un problema era evidente. Que pensara que él podía resolverlo, de lo más extraño.

–Muy bien, pero ahora mismo no puedo. Mañana trabajo desde casa. Nos vemos allí a las nueve y media.

–¿A las nueve y media? Pero tengo…

–O no nos veremos en absoluto –la interrumpió él. Ni muerto iba a esperar a que ella eligiese el día y la hora. Lo vería en su territorio, en sus términos, o no lo vería en absoluto.

–Muy bien, entonces a las nueve y media.

Amira abrió la puerta del lavabo y salió al pasillo. Qué típico, pensó Brent. Había conseguido lo que quería y ahora él era despedido. Pero entonces se dio la vuelta.

–¿Brent?

–¿Qué?

–Gracias.

«No me des las gracias todavía», pensó él.

Mientras la veía perderse en [illegible]
ocurrió que ella debía de ser la mu[illegible]
secretaria, había llamado insistentem[illegible]
cina durante los últimos días, negándos[illegible]
mensaje cuando le decía que estaba de vi[illegible]era
del país.

¿Cómo lo habría encontrando allí?, se preguntó. Había vuelto la noche anterior a toda prisa, sin decírselo a nadie. Acudir al funeral de la señora Woodley era un asunto profundamente personal para él, una cuestión de respeto. Y pensó entonces que Amira había agriado un día ya de por sí difícil.

Brent miró alrededor. No tenía que ver las filas de chicos impecablemente uniformados ni escuchar la sonora voz del director del colegio para experimentar la sensación de que aquél no era su sitio.

Él no había querido ir a Ashurst, uno de los colegios privados más exclusivos de Nueva Zelanda, pero su tío, el hermano de su madre, había insistido porque, según él, aunque no llevaba el apellido Palmer tenía derecho a la prestigiosa educación que habían recibido todos ellos.

Ése era el problema con los ricos de familia. Todo el mundo decidía por ti porque así era como se hacían las cosas desde siempre.

Y Brent no quería ningún regalo porque había visto lo que no poder pagar aquel colegio tan caro le había hecho al orgullo de su padre. Zack Colby nunca había tenido el dinero de la familia de su madre, pero le había enseñado a trabajar para ganarse un sitio en el mundo. Como resultado, Brent

Había estudiado más que nadie para conseguir una de las cotizadas becas del colegio Ashurst y le había devuelto cada céntimo a su tío antes de terminar sus estudios.

Pero no había sido un estudiante tan bueno como para no pasar malos momentos. Él y sus dos mejores amigos se habían metido en más de un lío. Brent buscó entre los alumnos, antiguos y nuevos, entre los miembros del profesorado y el equipo de dirección buscando las caras de sus compinches: su primo, Adam Palmer, y su amigo Draco Sandrelli, que se dirigían hacia él.

–Hola, primo –Adam fue el primero en saludarlo–. ¿La mujer que ha salido del lavabo hace un minuto es quien yo creo que era?

–¿Qué? ¿Ahora necesitas gafas? –Brent estaba sonriendo, pero tomó un vaso de agua de una de las bandejas que pasaban los camareros porque tenía la garganta seca.

–Muy gracioso. Bueno, ¿y qué quería Su Alteza?

Brent no sabía si debía contarles la verdad. Pero nunca había habido secretos entre ellos y aquél no era el momento de empezar a tenerlos.

–Me ha pedido que me case con ella.

–Lo dirás de broma, ¿no? –rió Draco, su acento italiano traicionando sus orígenes, aunque llevaba la mitad de su vida viajando por todo el mundo.

–Ojalá fuera así. En fin, mañana me enteraré de algo más.

–¿No me digas que, después de lo que te hizo, vas a pensártelo?

–No te preocupes. No tengo pensado decir que sí inmediatamente.

Brent miró alrededor, buscando una cabeza rubia, pero no la veía por ninguna parte.

–¿Sabes por qué te lo ha pedido? –preguntó Draco.

–La última vez que supiste algo de ella fue a través del mensaje de texto que me envió cuando estabas esperando en la iglesia –le recordó Adam.

Brent apretó los labios, recordando. Estaban los tres frente al altar, bromeando porque la novia llegaba tarde y por su inminente estatus de hombre casado cuando sonó el móvil de Adam. No contestó, por supuesto, pero el tiempo pasaba y no había ni rastro de Amira.

Al final, Adam comprobó su móvil y se puso lívido al leer el mensaje de texto:

Dile a Brent que no puedo hacerlo. Amira.

Inicialmente, Brent se había preguntado si habría cambiado algo de haber leído antes el mensaje o si hubiera podido llegar a su casa antes de que Amira desapareciese con su abuela.

Había dejado de pensar en ello muchos años atrás, a pesar de haber estado furioso consigo mismo durante mucho tiempo por haberla creído cuando le decía que ella no era un juguete de su abuela.

Entonces Amira le decía que el dinero no era importante para ella y Brent la había creído. Pero poco antes de la boda su negocio había sufrido un serio revés: un contenedor lleno de juegos informáticos de importación para el mercado juvenil contenía productos defectuosos. Para ahorrarle ansiedad a Amira antes de la boda, Brent no le contó que había tenido que dedicar su primer millón de dólares, por el que se había matado trabajando, a pagar las reclamaciones. Había logrado que la noticia no se hiciera pública durante unos días pero, no sabía cómo, había aparecido en la primera página de todos los periódicos el día de su boda.

Y, por lo visto, el dinero le importaba más de lo que decía. Brent lo había descubierto de la peor manera posible cuando envió ese mensaje de texto, sin tener valor para decírselo en persona.

Pero Brent Colby siempre aprendía la lección a la primera y la princesa Forsythe no tendría otra oportunidad de destrozar su vida otra vez.

–No sé qué está tramando, pero lo descubriré tarde o temprano. Bueno, venga, vamos a saludar al profesor Woodley y luego nos iremos de aquí.

De repente, lo único que quería era sentir la carretera y el poderoso rugido de su moto Guzzi alejándolo de sus demonios.

Los tres hombres se abrieron paso entre la gente, sin fijarse en las miradas de admiración que les dedicaban las mujeres, jóvenes y no tan jóvenes, hasta un grupo que hablaba con el profesor. Uno por uno, todos fueron despidiéndose, dejándolos solos con su tutor favorito de los viejos tiempos.

–Ah, «los granujas». Gracias por venir, chicos.

El profesor Woodley no los había llamado «granujas» desde que los pilló haciendo caballitos con las motos en la peligrosa carretera de la costa, a diez kilómetros del colegio. Brent aún podía oír el tono airado, furioso, de su tutor por haber arriesgado sus vidas tontamente.

–Todos los estudiantes de este año son diamantes… algunos pulidos, otros en bruto. Todos salvo ustedes tres. ¡Ustedes, señores, no son más que unos granujas!

El castigo había sido estar cuatro semanas sin poder salir del colegio, pero ninguno de ellos había podido olvidar nunca el disgusto que le habían dado al hombre. Especialmente cuando supieron que su único hijo había muerto precisamente en la zona de la carretera en la que ellos estaban haciendo el tonto con las motos. Y se pasaron el resto del año en Ashurst intentando compensarlo.

–¿Cómo estáis? Casados los tres, espero. No hay nada como el amor de una buena mujer –los ojos del anciano se humedecieron y los tres tuvieron que aclararse la garganta, emocionados–. En fin, es ahora cuando me doy cuenta de cuánto voy a echarla de menos.

–Lo sentimos mucho, profesor Woodley –siempre el portavoz del grupo, el pésame de Adam estaba lleno de sinceridad.

–Yo también, hijo, yo también. Pero no creáis que vais a darme esquinazo tan fácilmente. ¿Estáis casados o no?

Uno por un uno, los tres tuvieron que carraspear,

incómodos, ante la penetrante mirada del anciano hasta que Woodley se echó a reír.

–Veo que no. En fin, no importa, sois jóvenes aún. Ocurrirá cuando tenga que ocurrir.

–A lo mejor el matrimonio no es para nosotros.

El comentario de Brent abrió la puerta para que el viejo profesor les diera una charla sobre la santidad de la institución.

Pero Brent había dejado de escuchar, su atención en la expresión sorprendida de Draco, que parecía estar viendo un fantasma. Un segundo después, su amigo se excusó para ir al otro lado de la sala.

–¿Qué ha pasado? –le preguntó Adam, cuando otro grupo de alumnos se acercó para saludar al viejo profesor.

–No lo sé, pero parece interesante –contestó Brent, mirando a la joven de pelo corto que parecía estar a cargo del catering.

A juzgar por su expresión, no le había hecho demasiada gracia ver a Draco. Su amigo estaba sonriendo, con esa sonrisa suya tan seductora, pero la chica levantó la cabeza, muy digna, y se dio la vuelta. Y Draco se quedó parado como un tonto, con la sonrisa helada.

–Uf, no creo que eso le haya gustado mucho –rió Adam.

Por supuesto, un segundo después, Draco fue tras ella con gesto decidido.

–Parece que no a venir con nosotros –murmuró Brent. Últimamente, los tres amigos se veían muy poco–. Venga, ya me he cansado de estar aquí. Vámonos.

Fuera, vieron a Draco en la entrada intentando convencer a la encargada del catering para que no se fuera. Pero la chica no parecía querer saber nada de él porque arrancó su coche y salió a toda velocidad, dejando una nube de piedrecitas tras ella.

Drago se acercó a ellos, con expresión seria.

–No me preguntéis –les advirtió, tomando el casco de su moto.

Asintiendo con la cabeza, Adam y Brent hicieron lo mismo y, poco, después las poderosas motos atravesaban el portalón de hierro del colegio.

Desde su coche, aparcado bajo las pesadas ramas de un viejo roble, Amira vio a Brent salir del salón de actos del colegio. Y le temblaron las manos sobre el volante del BMW Z4 cupé.

Y ella convencida de que había logrado controlar los nervios...

No podía creer lo que había hecho. Había estado planeando aquello desde que supo de la muerte de la esposa del profesor Woodley, pero no sabía de dónde había sacado valor.

Brent siempre hablaba tan bien de su tutor que estuvo segura de que acudiría al funeral. Era la única manera de verlo, de sorprenderlo. Había imaginado muchas veces cómo sería su encuentro, lo que le diría. Pero nunca creyó que tuviese la valentía de hacerlo.

Había tenido que hacer un esfuerzo para disimular su reacción cuando lo tuvo delante. Al ver sus anchos hombros, los puntitos verdes en sus ojos pardos, el pelo ondulado y rebelde... había tenido que hacer un esfuerzo para no apartarlo de su frente como solía hacer antes.

Los últimos ocho años habían sido amables con él, a pesar de las dificultades financieras por las que atravesaba cuando se separaron. Pero desde entonces se había colocado en la lista de los veinte hombres más ricos de Nueva Zelanda y se preguntó si seguirían importándole esas cosas. Ese tipo de reconocimiento lo había empujado en el pasado... aunque lo que más deseaba era la aceptación de los demás.

Amira no dejaba de mirarlo mientras se ponía la chaqueta de cuero y el casco, el visor oscuro ocultando sus atractivas facciones. Lo habría reconocido en cualquier parte, hasta con la cara tapada. Por cómo se movía...

Parecía haber ensanchado un poco desde los veinticinco años, pero siendo tan alto le sentaba bien. Tenía un aura de poder, de seguridad... o quizá era ella. Su reacción al verlo de cerca. Su reacción ante la cruda masculinidad de Brent Colby.

Incluso ahora no podía creer cómo había encontrado valor para seguirlo al lavabo de caballeros y pedirle que se casara con ella. Pero nunca antes había estado a punto de quedarse en la calle. La necesidad era la madre del ingenio, decían. Y ella haría lo que tuviese que hacer para que Brent aceptase sus condiciones.

Amira apretó el volante para controlar el temblor de sus dedos. Iba a tener que hacerlo mucho mejor al día siguiente si quería convencerlo. Pero había saltado el primer obstáculo y el siguiente paso no podía ser tan difícil, pensó. Se negaba a creer otra cosa.

Brent Colby podía ser uno de los veinte hombres más ricos de Nueva Zelanda, pero siempre sería un nuevo rico... a menos que se aliase con los grandes empresarios; un favor que había sido bloqueado durante años por su difunta abuela. Pero Amira podía darle entrada en ese mundo. Sólo esperaba que lo deseara como una vez la había deseado a ella.

Su futuro, todo lo que era importante para ella, dependía de eso.

Nadie podría entender lo fundamental que era aquello para Amira. Nadie. Por una vez en su vida, quería que la tomaran en serio. Ser reconocida como un valor para la sociedad, algo más que la portavoz de varias asociaciones benéficas, un mero rostro y no la persona que de verdad hacía el trabajo.

Estaba acostumbrada a ser colocada en un pedestal, a estar aislada... pero no podría vivir con el fracaso. Era demasiado importante para ella tener éxito esta vez sin la influencia de su abuela.

La muerte de Isobel Forsythe había sido el catalizador que la había sacudido... y no sólo su muerte, sino los términos draconianos de su testamento. Amira sabía que su abuela había hecho todo lo posible para que no lograra ese sueño, pero eso sólo había servido para que lo buscase con más determinación. Al contrario de lo que su abuela pensaba, Amira no creía que fuera absurdo intentar llevar algo de felicidad a los menos afortunados. Y era su misión personal hacerlo realidad, hacer algo importante con su vida.

Se sobresaltó al oír el rugido de las motos cuando pasaron a su lado y miró la espalda de Brent, poniéndose en cabeza de inmediato con la precisión con la que lo hacía todo.

Había sido tan frío y distante cuando intentó hablar con él... claro que no era una sorpresa.

Ni siquiera parecía enfadado por lo que había ocurrido entre ellos ocho años antes. Y Amira sabía que estaba enfadado, más que eso, furioso.

Había sabido de la reacción de Brent a través del abogado de su abuela, Gerald Stein, que estaba en la iglesia ese día.

Se le encogió el corazón al recordarlo. Entonces no hubo boda, pero tenía que asegurarse de que la hubiese ahora o no podría cumplir la promesa que le había hecho a la pequeña Casey... y a más de una docena de niños huérfanos o enfermos.

Brent tenía que aceptar. Tenía que hacerlo.

Capítulo Dos

Amira vaciló frente al portalón de hierro que llevaba a la casa de Brent. Lo único que tenía que hacer era bajar la ventanilla y pulsar el botón del portero automático para que alguien abriese la puerta. Todo muy civilizado…

Entonces, ¿por qué sentía como si estuviera a punto de entrar en la guarida del león?

Unos setos bien recortados flanqueaban el camino. Sólo había seis casas en aquella exclusiva zona residencial en el estuario del río Tamaki. Desde luego había hecho fortuna en esos años, pensó. Nada que ver con el apartamento que tenía en la ciudad cuando se conocieron.

Pero el tiempo pasaba a toda velocidad y estaba segura de que Brent no querría recibirla si llegaba tarde, de modo que bajó la ventanilla y pulsó el botón.

–Soy Amira Forsythe.

¿Debería decir algo más? ¿Tendría servicio en la casa o abriría él mismo?

No hubo respuesta. Sólo el zumbido eléctrico del portalón de hierro que se abría, dejándola entrar en aquella zona privada del mundo. Pero le temblaban las manos sobre el volante mientras se dirigía a la casa.

El frontal de la residencia no era menos impresionante que la entrada. Amira detuvo el coche frente a un garaje y se dirigió al porche. Brent no había ahorrado un céntimo en aquella mansión, pensó, mirando alrededor con ojo experto, sus tacones repiqueteando sobre el camino de piedra.

Un escalofrío de anticipación la recorrió mientras levantaba la mano para llamar a la puerta. Pero ésta se abrió antes de que pudiese hacerlo.

Amira se quedó sin aliento al verlo. Con ese traje de Armani, ni siquiera su difunta abuela podría haberle puesto ninguna pega. El pelo castaño oscuro echado hacia atrás, mostrando su amplia frente, ni un pelo fuera de su sitio. Llevaba el primer botón de la camisa desabrochado, dejando al descubierto un retazo de piel bronceada. Si las circunstancias hubieran sido diferentes, estaría ya entre sus brazos, pensó. Quizá incluso poniendo sus labios sobre ese atractivo triángulo de piel morena, trazando su cuello con su lengua...

Amira sintió un cosquilleo entre las piernas e intentó controlarse, concentrándose en la razón por la que estaba allí.

–Llegas puntual.

–Suelo ser puntual. Especialmente cuando es por una razón importante.

Amira entró en el vestíbulo, con suelo de mármol negro.

–¿Ah, sí? Yo recuerdo al menos una ocasión en la que llegaste tarde. Muy tarde, en realidad. Pero quizá esa ocasión en particular no era tan importante para ti.

No había tardado mucho en referirse al día de su boda, pero era de esperar.

–Quise explicártelo, Brent... después. Pero sabía que tú no querrías hablar conmigo.

–Tienes razón, no lo hubiera hecho. ¿Y por qué iba a hacerlo ahora?

Tenía los brazos cruzados, las piernas separadas, como si no quisiera dejarla pasar más allá del vestíbulo. No podía ser más formidable si llevase una armadura y tuviera una espada en la mano. Pero una mirada a su ceño fruncido le recordó que no estaba allí para fantasear.

–Quizá aún tenga algo que ofrecerte. ¿Podríamos... –Amira señaló alrededor– sentarnos en algún sitio?

–Vamos a mi estudio.

Brent la precedió por la escalera hasta una habitación que hacía las veces de despacho y biblioteca y era un reflejo del hombre en el que se había convertido en esos años.

No había la menor duda de su éxito. El dinero que había ganado se reflejaba en los caros muebles, en los amplios ventanales, en el equipo informático de última generación sobre un escritorio de caoba.

Pero una cosa en él, al menos, no había cambiado: las paredes del estudio estaban cubiertas por estanterías llenas de libros. Siempre había sido un lector voraz.

–Siempre te ha gustado leer –murmuró, mientras se sentaba en un sillón de cuero negro, su mente inundada de recuerdos de ellos dos en el parque, en la playa, durmiendo con la cabeza sobre su regazo mientras Brent le leía algún libro.

–Entre otras cosas –dijo él enigmáticamente, sentándose tras el escritorio.

Aquello iba a ser más difícil de lo que había anticipado. Su antipatía hacia ella era evidente, golpeándola como si fuera una cosa viva.

Amira parpadeó porque el sol que entraba por las ventanas le daba directamente en los ojos. Brent la había colocado en una posición de desventaja a propósito, se dio cuenta.

Sentado de espaldas a la luz no podía ver su expresión o leer sus ojos como solía hacer y tuvo que inclinar a un lado la cabeza para no tener que guiñar los ojos. Había demasiado en juego aquel día. Incluso, por dramático que sonara, su propia vida.

–Tienes una casa muy bonita.

No iba a dejar que viese lo nerviosa que estaba por aquella reunión, ni lo incómoda que se sentía en aquel momento. El contraste entre sus recuerdos y aquel frío recibimiento…

–Ve al grano, Amira. Los dos sabemos que ésta no es una visita de cortesía. ¿Qué hay detrás de esa absurda proposición tuya?

Ella tragó saliva. Tenía que decirle la verdad. Él no aceptaría otra cosa.

–Dinero. Como tú sugeriste ayer.

Brent rió, una risa ronca y seca que le resultó desconocida.

–¿Por qué no me sorprende? Si hay algo que empuja siempre a los Forsythe, es el dinero. Pero al menos esta vez eres sincera.

Amira se puso tensa.

–¿Es que a ti no te importa el dinero?

–No, ya no –contestó él.

–Me resulta muy difícil de creer.

–Cree lo que quieras, pero el dinero no significa nada para mí.

Y tampoco ella, se recordó Amira a sí misma. Hubo una vez en la que el uno lo era todo para el otro, aunque eso se había roto cuando ella lo humilló públicamente…

Pero no iba a dejar que lo que pasó aquel horrible día la hiciera echarse atrás. De alguna forma tenía que convencerlo de que casarse con ella sería beneficioso para los dos. Quizá el dinero ya no era la mayor motivación para Brent, pero confiaba en que la promesa de incluirlo en el selecto círculo de empresarios de renombre de la ciudad fuera suficientemente interesante.

–Muy bien –empezó a decir, llevando aire a sus pulmones–. Como imagino que sabrás, mi abuela murió recientemente.

–Sí, lo sé.

No hubo palabras de pésame, ni siquiera un gesto de consuelo, pensó ella amargamente. Claro que no era una sorpresa cuando su abuela apenas lo toleraba y, en realidad, la había obligado a no acudir a la iglesia ese día.

–Ella puso ciertas… condiciones sobre la herencia.

–¿Qué tipo de condiciones? –Brent se echó hacia atrás en la silla.

Aunque parecía totalmente relajado, Amira sabía que estaba alerta y escuchando atentamente. Cada músculo de su cuerpo pendiente de ella, le gustase o no. Siempre había sido así entre los dos. Algo visceral, instantáneo. Insaciable.

Incluso ahora podía sentir el cosquilleo que sentía siempre estando con él. Era una distracción agradable, pero una mirada a sus fríos ojos pardos la obligó a concentrarse en lo que estaba diciendo.

–Unas condiciones muy restrictivas, en realidad. Debo casarme antes de cumplir los treinta años si quiero heredar su fortuna.

–De modo que tienes… –Brent hizo un rápido cálculo mental– dieciocho meses para encontrar a algún pobre tonto que quiera casarse contigo –luego se echó hacia delante–. Pero con tus atributos, no creo que te sea difícil.

–No quiero un pobre tonto, te quiero a ti.

Oh, no, eso no había sonado como ella quería, un evidente síntoma de angustia. Normalmente, ella era tan serena y fría como la describían los medios de comunicación. Eso era lo que le había enseñado su abuela.

–¿Un bobo rico quizá? Siento decepcionarte, pero yo no estoy en el mercado para nadie… y menos para ti.

–¡No! No me refería a eso –Amira buscó desesperadamente las palabras que necesitaba para convencerlo–. Básicamente, necesito un marido y nada más. No estoy interesada en que el matrimonio sea real, no quiero las complicaciones de una relación. Ahora mismo tengo suficientes cosas de qué preocuparme. Contigo, sé que estoy segura, a salvo. Nadie más aceptaría lo que yo estoy dispuesta a ofrecer. Tú ya no sientes nada por mí, así que el nuestro sería un matrimonio de conveniencia.

–¿Un matrimonio de conveniencia?

Por fin había logrado que la reserva de su expresión desapareciera, aunque no estaba segura de si lo que había en su rostro ahora era interés o burla.

–Sí, un acuerdo entre dos viejos amigos.

Brent la miró con expresión suspicaz.

–¿Y exactamente qué estás dispuesta a dar en ese acuerdo entre amigos?

–Diez por ciento del valor de mi herencia –contestó ella. Y luego mencionó una cifra que dejó a Brent sorprendido–. Además de un puesto asegurado en el consejo de administración de la Cámara de Comercio de Auckland, entre los empresarios más conocidos del país.

–¿Todo eso por el placer de ser tu marido… de nombre?

–Sí, bueno, entiendo que no estés interesado en principio, pero sé que no has podido entrar en ese círculo tan restringido. Piensa en los contratos que conseguirías, en lo fácil que te sería todo –Amira tragó saliva–. Sé que quieres levantar un edificio frente al puerto y que has tenido problemas para conseguir los permisos de obra. Casándote conmigo no tendrías esos problemas. Una palabra a la persona indicada y tendrías los permisos de construcción en la mano. Y seguro que tu abogado podría redactar un acuerdo prematrimonial en el que se refleje el dinero que estoy dispuesta a entregarte… y el ingreso en el consejo de administración de la Cámara de Comercio de Auckland.

–¿Y mi dinero? Supongo que tú querrás una parte…

–No, yo no quiero nada. Es evidente que no me hace ninguna falta –respondió Amira–. Tú ya cumplirías con tu parte casándote conmigo. Eres el único hombre que puede hace esto por mí, Brent.

–¿El único?

Amira no respondió a esa pregunta. Había lanzado la pelota y ahora estaba en su tejado.

–Te dejo para que piensas en mi oferta –dijo, levantándose y sacando una tarjeta de su bolso de Hermès–. Llámame cuando hayas tomado una decisión. Y no te molestes en acompañarme a la puerta, estoy segura de que no me voy a perder.

Brent la observó salir del estudio, en silencio. No se molestó en mirar la tarjeta porque sabía el número de memoria. Por mucho que lo intentase, no había logrado borrarlo de su cabeza.

Amira creía «estar a salvo» con él. No tenía ni idea.

«A salvo» no era lo primero que se le ocurría al mirarla. Ni siquiera el severo traje gris que llevaba aquel día podía esconder sus tentadoras formas. Y aumentaba aún más el deseo de romper ese aire de «intocable» que ofrecía al mundo entero.

Pero la convicción de Amira de que sólo con su ayuda conseguiría los permisos que necesitaba para levantar un edificio frente al puerto de Auckland había despertado su curiosidad. Debería haber hecho mejor sus deberes. Brent Colby no necesitaba a nadie para conseguir el éxito. Los permisos estaban llegando con dificultades, desde luego, pero llegarían tarde o temprano. Todo era parte de un juego de poder y él estaba preparado para jugar si al final conseguía su objetivo.

Desde que consiguió, y perdió, su primer millón de dólares, había aprendido a ser paciente. Y no necesitaba la influencia de Amira Forsythe.

Debería haberla rechazado directamente y en su cara. Aquella idea de casarse era absurda. El hecho de que lo hubiera dejado plantado cuando más la necesitaba era prueba más que suficiente. Que lo hubiese hecho por dinero, más aún.

Pensó entonces en la cifra que había mencionado. Aunque sería una cantidad más que considerable para cualquiera, era una gota en el océano comparada con su fortuna.

Pero Amira iba a heredar mucho dinero. ¿Qué más le daba tener que desprenderse de unos cuentos millones para conseguir muchos más? Podía imaginar hasta dónde llegaría alguien como ella para poner las manos en su fortuna. Incluso tan lejos como para proponerle matrimonio quizá.

Y ahí era donde algo sonaba raro. Amira tenía su propio dinero. La familia Forsythe era una de las familias fundadoras de Nueva Zelanda, con intereses económicos en todas partes y conocidos por su filantropía. Y Amira era la última de la saga. De la saga oficial, claro. Brent había oído rumores sobre un primo australiano que llevaba años aprovechándose del dinero y el apellido de los Forsythe.

Pero algo le advertía que había algo que Amira no le había contado. Sí, había cambiado en esos ocho años, pero no tanto como para no saber cuándo le estaba escondiendo algo. Y ese algo despertó su interés.

Brent se echó hacia atrás en el sillón y lo giró para mirar el jardín y la pista de tenis por la ventana. Le encantaba aquel paisaje. El contraste entre dónde estaba ahora y cómo había crecido, en una casa de protección oficial al otro lado del río, nunca era tan relevante como cuando miraba desde aquella ventana.

Las Amira Forsythe de este mundo nunca entenderían lo que era trabajar para ganarse la vida porque habían nacido rodeadas de privilegios.

Entonces pensó en su abuela, Isobel, una mujer que apenas lo toleraba cuando Amira y el salían juntos y sólo lo soportaba porque su nombre había aparecido en las publicaciones económicas como el joven empresario más prometedor de Nueva Zelanda.

Pero todo eso había cambiado cuando se descubrió que los productos importados con los que estaba haciendo su fortuna eran defectuosos. Para hacer frente a las demandas, Brent había perdido todo su dinero. Sí, podría haberse declarado en bancarrota, renegando así de la buena fe con la que sus clientes habían distribuido los productos, pero él no era ese tipo de persona.

A duras penas había logrado conservar su apartamento y, con ese aval, había empezado a recorrer de nuevo el largo y arduo camino del éxito. Más que antes, mejor que antes. Él conocía el valor del trabajo y eso era algo que Amira nunca podría entender.

Sin duda Isobel saldría del panteón familiar si supiera que su nieta le había propuesto matrimonio, si supiera que su prestigioso apellido iba a verse mezclado con el apellido Colby.

Brent creía haberse llevado el primer premio cuando conoció a Amira, la princesa Forsythe, con su actitud aristocrática, su apellido y su dinero. Debido a lo formidable que era su abuela, pocos hombres se atrevían a pedirle que saliera con ellos. Pero él sí se había atrevido.

Amira no se había molestado en esconder su sorpresa cuando se acercó a ella durante la carrera de Ellerslie, en la Copa de Auckland. Por fin había conseguido apartarse de la nube de fotógrafos cuando se acercó y, tomándola del brazo, Brent la apartó de esos pesados. Y, en lugar de una presentación formal, le había prometido comer alejada de las hordas de público y el retumbar de las pezuñas de los caballos.

Y, para su sorpresa, ella había aceptado.

Su romance había acaparado las portadas de las revistas durante semanas. A veces evitaban a los fotógrafos, otras aprovechaban las fotografías para que el mundo entero supiera lo felices que eran juntos.

Brent no podía creer su buena suerte. Él provenía de una familia humilde y sin medios económicos, todo lo que la familia Forsythe no era y, sin embargo, Amira le había abierto los brazos como si no tuviera la menor importancia para ella.

Al menos, eso había pensado entonces. Pero Amira había demostrado ser una Forsythe cuando lo dejó plantado en el altar al conocer la noticia de su fracaso económico. Justo cuando más necesitaba su apoyo.

Brent sacudió la cabeza para intentar borrar los recuerdos. Era mejor haberlo descubierto a tiempo, le habían dicho su familia y sus amigos. Pero eso no le había librado de un corazón roto y un orgullo herido. Amira le había hecho más daño del que quería admitir, entonces o ahora.

Él nunca se había considerado a sí mismo un hombre vengativo, pero mientras miraba las aguas del estuario se le ocurrió que Amira le había puesto la venganza en bandeja.

Su pulso se aceleró al pensarlo. Ella había dejado claro que no quería saber nada del aspecto físico de una relación, pero dudaba que se resistiera para siempre. Seducirla de nuevo no sería difícil porque entre ellos siempre había habido una enorme atracción erótica. Qué dulce sería dejarla plantada a ella esta vez, darle a probar su propia medicina. Y qué apropiado cuando ahora era Amira la que podría perderlo todo: su influencia, su prestigio y la fortuna de los Forsythe.

Brent se dio la vuelta en el sillón y marcó el número de su móvil.

–¿Sí? –la voz de Amira volvió a llenar el despacho y algo dentro de él se encogió.

–Me casaré contigo.

–¿Brent?

–¿Esperabas que fuera otra persona?

–No, pero... no sabía que ibas a decidirte tan pronto.

–¿Temes haber perdido tu encanto, Amira?

–No, en absoluto, es que me ha sorprendido. Pero tenemos que vernos para hablar... ¿qué tal esta noche?

Luego mencionó el nombre de un conocido restaurante en el puerto que, años atrás, había sido su favorito.

–Si no te importa que nos vean en público... eso podría despertar preguntas que quizá tú no quieras contestar ahora mismo.

En cualquier caso habrá preguntas –dijo ella–. ¿A qué hora vendrás a buscarme? Es mejor que lleguemos juntos.

–A las ocho y media.

–Muy bien, nos vemos entonces. Y gracias, Brent. No lo lamentarás.

El alivio en su voz era tan palpable que Brent estuvo seguro de que escondía algo. Pero lamentarse de haber tomado una decisión era de tontos y nadie podría decir que Brent Colby era un tonto.

Capítulo Tres

Amira entró en su habitación esa tarde. Había terminado antes de lo que esperaba en la oficina de la Fundación Fulfillment y estaba deseando descansar un poco antes de ver a Brent.

Era una suerte tener una entrada privada a la mansión de los Forsythe, en la mejor zona residencial de Auckland. Esa privacidad había evitado que su abuela la interrogase cada vez que entraba o salía de casa. Daba igual que llevase un atuendo adecuado o el cabello peinado a la perfección, Isobel siempre había sido capaz de encontrar faltas en todo.

La mayoría de las chicas de su edad se habrían enfrentado con una persona así, pero ella no era como la mayoría de la gente. Amira le estaba muy agradecida a su abuela por haberse hecho cargo de ella tras la trágica muerte de sus padres en un accidente de barco cerca del puerto de Waitemata. No era un genio como había esperado su abuela y se parecía más a su madre que al hijo de Isobel pero, a pesar de sus defectos, Amira tenía personalidad y por eso su abuela le había dado el puesto de portavoz en varias de sus fundaciones. Y siempre había sido un trabajo interesante para ella, algo que la hacía sentir que hacía una pequeña aportación.

Incluso ahora, aunque ya no tenía necesidad de entrar en la casa por esa puerta, seguía haciéndolo. El tamaño de la puerta de entrada de la mansión Forsythe, más un museo que una casa, era abrumador para la mayoría de las visitas y a ella le pasaba lo mismo.

Amira nunca se había quitado de encima esa primera impresión cuando, tras una dura batalla legal entre Isabel y los tutores designados por sus padres en el testamento, había ido a vivir allí. Aquella casa era más de lo que podía soportar una niña de diez años.

Isobel llevó los negocios de los Forsythe con mano de hierro hasta los últimos seis meses de su vida, cuando una serie de embolias la habían dejado postrada en la cama. Su abuela no había dicho una sola palabra en todo ese tiempo, pero cada una de sus miradas era una crítica. Para Amira, intentar cuidar de ella sin dejar su trabajo había sido agotador.

Mientras se quitaba los zapatos notó que la luz del contestador estaba encendida y pulsó el botón. Y enseguida escuchó una voz masculina vagamente familiar que le puso la piel de gallina:

–Amira, cariño. Acabo de recibir la confirmación del testamento de la tía Izzy y quería decirte que estoy deseando irme a vivir allí. Tal vez podamos llegar a un acuerdo satisfactorio para los dos sobre dónde vas a alojarte a partir de ahora...

Amira apagó el contestador con rabia. Roland Douglas, primo segundo de Isobel, tenía tanta presencia como una cucaracha… y era igualmente difícil librarse de él. Hacía tiempo que su abuela había cortado toda relación con esa parte de la familia pero, por alguna razón, antes de la embolia que le robó el habla, Isobel había añadido un codicilo en su testamento nombrando a Roland beneficiario si ella no se había casado a los treinta años.

Nunca sabría si Isobel lo había hecho a mala fe o para asegurarse de que no se quedaba sola, pero una cosa estaba clara: si no se casaba lo perdería todo, incluso la pensión anual que recibía para cubrir sus gastos.

Cuando le preguntó al notario si su abuela sabía lo que hacía cuando redactó esa nueva cláusula, el hombre le aseguró que se había llamado a un neurólogo, quien confirmó que, aunque Isobel estaba físicamente impedida, su mente seguía siendo tan aguda como su famosa lengua. De modo que no había manera de impugnar el testamento.

Amira entró en el cuarto de baño, deseando borrar de su mente la desagradable voz de Roland, cuyas continuas llamadas empezaban a ser un acoso. Si el asunto salía mal y ella no heredaba la fortuna de su abuela, no habría ninguna posibilidad de que llegasen a un acuerdo.

La idea era escalofriante. Demasiadas cosas dependían de que consiguiera esa herencia. Demasiadas esperanzas y sueños. Y si para eso tenía que casarse, lo haría.

Amira abrió el grifo de la ducha y dejó que el agua se llevase parte de la tensión del día. Ver a

Brent de nuevo había sido muy difícil, aunque la tensión de su encuentro se había disipado un poco cuando aceptó casarse con ella.

No, lo que más le preocupaba era la Fundación Fulfillment, que ella misma había creado con el propósito de hacer realidad los sueños de niños enfermos. Estaban sin fondos y el personal llevaba varios meses sin cobrar su sueldo.

Decía mucho de ellos que no se hubieran marchado a otro sitio, pero el tiempo que estaba tardando en encontrar patrocinadores en un mundo continuamente hambriento de dinero empezaba a poner su misión en peligro. Tenía que pagar a los empleados, pronto, antes de que se vieran obligados a buscar otro trabajo.

Salir con Brent esa noche había sido una buena idea, pensó. Eso despertaría el interés de los medios de comunicación y ella tenía la intención de vender la historia al mejor postor. Cuantas más conjeturas y especulaciones hubiera sobre ellos antes de que anunciasen su compromiso, mejor.

Amira cerró los ojos y suspiró bajo la ducha mientras se enjabonaba el pelo. Se había parado un momento en el hospital infantil antes de ir a casa y aún podía ver la carita de Casey McLauchlan. Lo único que quería la niña, una huérfana de cinco años, era ir a Disneylandia con su familia adoptiva. Algo que podría no ocurrir si su leucemia, ahora en remisión, empeoraba antes de que la fundación consiguiera los fondos necesarios.

Amira le había prometido a la niña, que había

perdido ya tantas cosas, que haría realidad su sueño, pero la realidad era que no iba a ser fácil.

Brent había dicho que sí, se recordó a sí misma. Y si todo iba según sus planes, recibiría la herencia el día de su boda.

Casi se había convencido a sí misma cuando, después de secarse, se puso un pantalón de chándal y una camiseta. Tenía un par de horas antes de la cena con Brent, así que podía aprovechar el tiempo y leer algo. De modo que se tumbó en el sofá, apoyando el pelo mojado sobre uno de los brazos para secar sus rizos al aire, e intentó concentrarse en la novela que llevaba semanas intentando leer. Pero las palabras parecían bailar frente a su cara y se le cerraban los ojos...

Amira despertó, sobresaltada, en una habitación a oscuras, oyendo el eco de un timbre en su cabeza.

Se levantó de un salto y, mientras corría hacia la puerta, miró el reloj que había sobre la repisa de la chimenea. ¡Eran las ocho y media! ¿Cómo había podido quedarse dormida?

Brent golpeaba el suelo con el pie, impaciente, mientras esperaba en el porche. Pero cuando iba a llamar al timbre de nuevo, la puerta se abrió y se quedó sorprendido al ver a Amira sofocada y con el cabello despeinado. Un tirantito de la camiseta se había deslizado por su hombro, pero no parecía darse cuenta. Desde luego, iba a tener que ensayar más la serenidad de los Forsythe.

–Brent, lo siento... me he quedado dormida. Si no te importa esperar diez minutos hasta que me vista... por favor, entra, ¿quieres tomar algo? –Amira señaló alrededor, nerviosa–. Supongo que recordarás dónde está todo.

–Voy a llamar al restaurante para decir que llegaremos un poco tarde.

–Sí, claro. Oye, perdona, de verdad, no sé cómo ha pasado...

–No te preocupes. Ve a vestirte.

Brent estaba seguro de que no iba a arreglarse en diez minutos, pero Amira debió de moverse como el viento porque volvió al salón justo en ese tiempo, con un vestido de color vino y unas sandalias de tacón que la hacían parecer casi tan alta como él.

Se había sujetado la masa de rizos rubios en un moño descuidado, pero muy chic. Y su maquillaje, como siempre, era inmaculado. La princesa Forsythe había vuelto, un contraste total con la encantadora criatura que lo había recibido en la puerta.

Y Brent reconoció el escudo, por llamarlo de alguna manera. Lo había identificado enseguida durante su relación. Cada vez que se sentía insegura sobre algo, se volvía imposiblemente fría e intocable. Y, si había que juzgar por la altura de sus tacones, aquel día estaba intentando sentirse por encima de él.

–Muy bien, vamos.

–Espera un momento.

Seguramente no sería capaz de hacer que se cambiase de zapatos, pero sí podía hacer aquello. Brent dio un paso adelante y empezó a quitarle las horquillas del pelo, que dejó caer sobre la alfombra antes de pasar los dedos por los rizos rubios.

–Así está mejor.

No debería haberla tocado. Le temblaban los dedos por el contacto y su cuerpo había reaccionado de tal manera que, con toda seguridad, la cena de aquella noche iba a ser muy incómoda para él.

Amira lo miró con una expresión helada.

–Si tú lo dices –murmuró, antes de darse la vuelta.

Brent abrió la puerta del Porsche 911 y esperó un momento, contando lentamente hasta diez, mientras ella se colocaba el vestido para ocultar sus bronceados muslos. Debería haber llevado otro coche, pensó. Algo más grande para que hubiera cierta distancia entre ellos y no su último juguete.

Cuando arrancó el deportivo, estaba demasiado nervioso como para apreciar el fabuloso rugido del motor... y le molestaba que Amira Forsythe pudiera seguir poniéndolo nervioso.

Afortunadamente, el viaje desde su casa en el norte de Remuera hasta el puerto fue muy corto. En quince minutos estaban entrando en el restaurante italiano que había sido el lugar de tantos susurros y secretos compartidos ocho años antes.

El maître los llevó a una mesa suavemente iluminada en una esquina.

Brent apoyó una mano en la cintura de Amira, sonriendo para sí mismo al notar que ella temblaba. Bueno, tendría que acostumbrarse si quería seguir adelante con el plan. Nadie creería un compromiso entre dos personas que no se tocaban.

Varias cabezas se volvieron y las conversaciones

cesaron mientras se dirigían a la mesa… antes de reanudarse, esta vez de manera más ruidosa. Los mentideros estarían trabajando a marchas forzadas al día siguiente, pensó. Y se alegraba de que, a pesar del ruido, pudieran tener cierta privacidad gracias a una enorme planta que los separaba del resto de los clientes.

Aunque él no era un extraño para la prensa, Brent odiaba ese tipo de publicidad. Estar bajo el microscopio para entretenimiento de los demás le parecía repugnante. Ya había tenido más que suficiente ocho años antes, con su ruina y el abandono de Amira. Ahora sólo lidiaba con la prensa poniendo condiciones y exclusivamente cuando podía beneficiar a su negocio.

–Parece que somos el tema de conversación general. ¿No te importa?

Amira pareció sorprendida.

–¿Creías que iba a salir corriendo? Olvidas que estoy acostumbrada.

Brent se movió en su silla, incómodo. ¿Acostumbrada? En realidad, parecía aburrida.

–Entonces no te molestará que mañana seamos el tema de cotilleo de las revistas.

–No, claro que no. Además, será bueno que ya hayan hablado de nosotros cuando anunciemos el compromiso.

–¿Por qué?

–Porque podremos pedir más dinero por una exclusiva si ha habido especulaciones sobre un nuevo romance, ¿no te parece?

–Ah, claro –Brent tomó la carta y la estudió atentamente.

Pero era como si, de repente, tuviera una bola de frío acero en el estómago. Ya estaban otra vez: dinero. No debería haberlo sorprendido, pero lo enfurecía que Amira siguiera pensando exclusivamente en eso. Por un momento, cuando llegó a su casa esa tarde, había visto a la Amira de la que se había enamorado tantos años atrás; la versión privada, desconocida para todo el mundo salvo para él.

Pero, como acababa de demostrar con ese comentario, la auténtica Amira Forsythe estaba delante de él ahora. La mujer que lo había recibido despeinada y sofocada en la puerta no era más que una ilusión.

No era demasiado tarde para poner fin a aquella farsa, pensó. Podría levantarse y marcharse del restaurante.

Pero si hiciera eso, se negaría a sí mismo la satisfacción de llevar a cabo su plan. Cuando Amira se diera cuenta de lo que iba a perderse, él tendría su recompensa. Y, con un poco de suerte, habría logrado librarse del fantasma que lo perseguía desde entonces.

–¿Cuándo crees que deberíamos anunciar el compromiso? ¿Dentro de una semana o es demasiado pronto? –la voz de Amira interrumpió sus pensamientos.

–¿Una semana? –a Brent le sorprendió que quisiera hacerlo tan rápido–. ¿No crees que deberíamos esperar un poco más? Tu abuela murió hace apenas seis semanas.

Amira arrugó el ceño.

–Bueno, la verdad es que tú y yo nos conocemos bien y un mes sería demasiado tiempo. ¿Por qué no lo hacemos dentro de quince días?

–Quince días. Sí, creo que eso estaría bien.

–¿Y qué te parece la boda en mayo o a primeros de junio? ¿Estarás libre para entonces?

–¿Por qué no? –Brent se encogió de hombros. Como no iba a haber boda, en realidad le daba igual–. Si puedes solucionarlo todo para entonces, me parece bien. En julio y agosto tengo muchos compromisos de trabajo, así que no podría casarme hasta después del verano. Y supongo que tú no querrás esperar tanto tiempo para recibir tu herencia.

Aunque todo eso era cierto, Brent no veía razón alguna para no aplicar su propia agenda a los planes de Amira, que en ese momento estaba jugando con su copa, atrayendo la atención de Brent hacia sus largos dedos de cuidadas uñas, tan inmaculadas como siempre. Brent se preguntó entonces si seguiría siendo tan inmaculada cuando su mundo se derrumbase.

–No podremos encontrar un sitio medianamente decente con tan poca antelación. Pero siempre podríamos casarnos en casa de mi abuela. Hay espacio suficiente y no tenemos que invitar a tanta gente como la última vez.

–Muy bien –Brent apartó la mirada, pensando en esa «última vez».

–Llamaré a la gente de publicidad para que lo organicen todo lo antes posible.

–¿La gente de publicidad? –repitió Brent. Aquella situación ya era lo bastante absurda como para, además, convertirla en un circo mediático.

–Habrá que revisar tu agenda y la mía porque quiero que el anuncio tenga gran impacto –Amira pareció vacilar un momento–. No podemos dejar nada a la casualidad.

–No, claro.

No debería sorprenderse, se repitió Brent de nuevo. Amira Forsythe era una experta jugando con los medios de comunicación. Gracias a su puesto como portavoz de varias asociaciones benéficas había perfeccionado el papel y era de esperar que su boda recibiese el mismo tratamiento.

Además, aquella boda sería completamente diferente a la primera. Entonces habían hecho todos los planes juntos...

«Y mira cómo terminó», se recordó a sí mismo, irónico.

Amira tenía razón. Era mejor dejar aquello en las manos de terceras personas.

–¿Qué tal alguien que se encargue de la publicidad y de la organización al mismo tiempo? Cuanta menos gente se involucre, mejor. ¿No te parece? Así habrá menos posibilidades de que se sepa la verdad.

–Sí, en fin... haré una lista de nombres y te la pasaré para que le eches un vistazo. Podemos entrevistarlos juntos, si quieres. No tendría sentido elegir a alguien con quien tú no te sintieras cómodo.

–Me alegro de que pienses así –sonrió Brent, burlón–. ¿Ya has decidido lo que quieres tomar?

–Sí, pero hay una cosa más.

–Dime.

Amira respiró profundamente antes de seguir:

–Hay que decidir cómo vamos a presentarnos en público. Te dije que no estaba interesada en... bueno, ya sabes, el aspecto físico del matrimonio, pero he estado pensando que lo mejor sería actuar como una pareja enamorada.

Brent alargó una mano y empezó a acariciar sus dedos.

–¿Así, quieres decir?

Amira se pasó la lengua por los labios y él se encontró mirando la puntita rosa con mucho interés.

–Sí, exactamente así.

–Sí, claro, ningún problema –suspiró Brent, soltándola–. Creo que yo podría convencer a cualquiera de que no puedo dejar de tocarte. ¿Y tú?

–Pues yo... lo intentaré –Amira prácticamente se escondió detrás de la carta, dando por terminada la conversación antes de que él pudiera insistir sobre el tema.

La cena transcurrió de forma agradable mientras coordinaban lo que iban a hacer durante las siguientes semanas. Amira tenía muchos compromisos para presidir eventos benéficos y dejó bien claro que Brent tenía que ir con ella.

Pero cuando iban a salir del restaurante, un ruido de voces en la entrada llamó su atención y el maître se acercó a ellos con gesto preocupado.

–Lo siento, señor Colby. Le aseguro que ninguno de mis empleados ha llamado a los fotógrafos, pero están en la puerta.

Un grupo de paparazzi se había apostado en la puerta del restaurante y tres empleados intentaban apartarlos en vano.

–¿No podemos salir por la puerta de atrás?

–No, no pasa nada –intervino Amira–. Saldremos por la puerta principal. Aunque lo mejor sería que alguien llevase allí tu coche. Así no nos perseguirán hasta el aparcamiento.

Algo en su firme tono de voz hizo que Brent la mirase fijamente después de darle las llaves del Porsche al maître.

–No pareces sorprendida.

–No lo estoy. Yo misma he hecho un par de llamadas esta tarde.

–¿Tú has llamado a los fotógrafos?

–No directamente, pero he dejado caer que íbamos a cenar aquí esta noche. ¿Te parece mal?

Tan serena como siempre, con su aspecto de cisne y, sin embargo, ella misma había orquestado el circo al que se verían sujetos en cuanto salieran del restaurante.

Tenía que reconocerlo: estaba sacándole todo el jugo a la situación, como una profesional.

Al llegar a la puerta oyeron el rugido del motor de su coche, seguido de una cacofonía de gritos y protestas de los fotógrafos.

–Bueno, muy bien –dijo Brent, tomando su mano–. Vamos a terminar con esto lo antes posible.

El maître caminaba delante de ellos, con las manos levantadas como si así pudiera detener los fogonazos de las cámaras y el torrente de preguntas.

Brent abrió la puerta del Porsche y apretó los dientes cuando Amira se tomó su tiempo antes de entrar. Actuaba como si no se diera cuenta de la locura que había a su alrededor, pero él sabía que estaba ofreciéndole a los fotógrafos sus mejores planos mientras lo miraba, sonriente. Por fin, cuando terminó con la farsa, Brent dio la vuelta al coche para colocarse tras el volante y, con un rechinar de neumáticos, se alejó de allí pensando que aquél iba a ser uno de los proyectos más complicados de su vida.

Aunque debía reconocer que nada le gustaba más que un reto.

Capítulo Cuatro

–¿Quieres entrar a tomar una copa? –preguntó Amira, rompiendo el silencio.

–¿Por qué no?

Que Brent aceptara la sorprendió porque había ido muy serio durante todo el camino, casi como si estuviera enfadado; la mandíbula tensa, los ojos fijos en el tráfico, sin hacer el menor intento por entablar conversación.

Sabía que estaba furioso y decidió tomar al toro por los cuernos.

–Estás enfadado conmigo –le dijo, quitándose los altos zapatos de Jimmy Choo y moviendo los dedos sobre la alfombra antes de abrir el mueble bar.

–¿Por qué dices eso?

–Brent, puede que no nos hayamos visto en los últimos ocho años, pero te conozco bien y sé que estás enfadado conmigo. ¿Por qué?

Él la miró a los ojos.

–No me gusta que me utilicen.

–¿Utilizarte? –Amira sacó una botella de su brandy favorito y le sirvió una copa antes de echar hielos en un vaso para tomar una crema de café.

–No me gusta montar el espectáculo.

–Eso no ha sido nada y tú lo sabes. Lo que te ha enfadado tanto es que te haya pillado por sorpresa. Y te pido disculpas. A partir de ahora, te mantendré informado de todo lo que haga.

–Me mantendrás informado –repitió él, levantando una ceja.

Amira vaciló mientras se llevaba el vaso a los labios y por fin, dejándolo sobre la mesa, se sentó en el sofá.

–¿Se puede saber qué te pasa?

–Hablas como si yo fuese un mero peón en todo esto. Una pieza de ajedrez que tú mueves a tu antojo. Pero los dos estamos metidos en esto y los dos tenemos algo que ganar. Si no me incluyes en tus planes y yo no tengo nada que decir, no cuentes con mi apoyo. Para mí es más fácil darme la vuelta que para ti, recuérdalo.

Estaba amenazándola.

Amira pensó en los sueldos que debía, en las familias que necesitaban su ayuda, en la promesa que le había hecho a Casey. Entonces, irguiéndose en el sofá, decidió presentar batalla.

–Lo sé perfectamente y ya me he disculpado. No volverá a pasar, te lo aseguro. Tú sabes que me juego demasiado como para poner nuestro matrimonio en peligro.

Se relajó un poco cuando Brent se sentó a su lado.

–Si quieres que te sea sincero, estás haciendo lo que haría tu abuela. A ella siempre le gustó ser la que manejaba los hilos.

Amira apartó la mirada para que no se diera cuenta de cómo le había dolido ese comentario. Él nunca sabría cuánto odiaba que la comparasen con Isobel Forsythe.

–Lo acepto como un cumplido –dijo.

–No lo era.

Brent levantó su barbilla con un dedo, obligándola a mirarlo a los ojos. Podía ver el círculo dorado que rodeaba sus pupilas y los puntitos verdes y marrones. Se quedó sin aliento cuando, de repente, se vio devuelta al pasado, a un tiempo en el que se miraban a los ojos continuamente, en el que incluso en una habitación llena de gente podían expresar su amor con un solo gesto.

Pero entonces Brent la soltó, rompiendo el hechizo, recordándole el golfo que había entre ellos.

Recordándole lo que tenía que hacer.

En realidad, él no había conocido a su abuela. Aunque Isobel Forsythe había sido una mujer fría, Amira sabía que actuaba convencida de hacerlo todo por su bien. Que nunca hubiera sabido lo que ella quería, lo que le gustaba... en fin, su relación nunca había sido cariñosa.

Pero, y eso debía reconocérselo, a pesar de tener muchos enemigos, su abuela había sido una mujer increíblemente poderosa.

–Cumplido o no, los hombres que pueden hacer posible tu proyecto tenían a mi abuela en gran estima. Saber cómo mover los hilos y cuáles han de moverse puede ser una herramienta muy valiosa, ¿no te parece?

–Ah, hablando de eso, ¿cuándo tienes pensado patrocinar mi admisión en la liga de los más poderosos de Auckland?

–Puedo empezar mañana mismo. El proceso podría tardar un poco.

–¿Y no podrías acelerarlo?

–Lo intentaré. Y no estaría nada mal que se hablase de nuestra relación mañana en el periódico. El consejo de administración de la Cámara es un club muy cerrado, pero siempre saben todo lo que está pasando en la ciudad.

Ella podía ser la nieta de Isobel Forsythe, pero no tenía el poder que había tenido su abuela y sólo esperaba que esta vez la escuchasen. Porque, si lo hacían, verían a Brent como un valor añadido para la organización... en cuanto olvidasen que no tenía un apellido ilustre.

Todo dependía de que aquel matrimonio saliera adelante, pensó, incluso la casa en la que vivía. Un paso en falso y Roland lo heredaría todo y entonces ella y su fundación estarían en la calle. Literalmente.

Cuando Brent se marchó, Amira entró en la zona principal de la residencia Forsythe. Todo estaba en silencio. Hasta el aire parecía haberse detenido, como si la casa estuviera esperando las órdenes de su propietaria.

Amira miró el retrato de Isobel, presidiendo la entrada. Aunque había aprendido a respetar a su abuela, la suya no había sido nunca una relación afectuosa. Y la mera idea de que ella pudiera convertirse en Isobel le parecía aterradora.

¿También ella utilizaría a todos hasta que muriese... vieja y completamente sola? ¿Distanciada de aquéllos que podrían haberla querido si hubiera mostrado un mínimo de afecto?

La unión de Isobel con Dominic Forsythe, el heredero de la entonces incierta fortuna familiar, había sido un matrimonio sin amor. Ella, licenciada en Bellas Artes, pertenecía a una familia de nuevos ricos y la unión sirvió para llenar las arcas de los Forsythe y para darle al padre de Isobel entrada en el exclusivo club de las altas finanzas.

Y era irónico que ella estuviera poniéndose en una situación similar, pensó entonces.

Dominic, un hombre inteligente, le había dado las riendas del negocio a su esposa cuando descubrió que era mucho más astuta y despierta que él para esos asuntos. Amira se preguntaba si su abuelo se habría sentido castrado por la personalidad de Isobel o si aquella unión sin amor habría terminado siendo una agradable colaboración entre dos personas que se hacían mutua compañía. No lo sabía porque su abuela nunca hablaba de temas tan personales.

Su padre había nacido muchos años después de que se casaran, cuando Isobel había pasado ya de los cuarenta. Naturalmente, estuvo siempre controlado por su madre y, cuando su abuelo murió pocos años después, Isobel se había vuelto más controladora y posesiva que antes. Algo que su padre nunca pudo soportar.

Amira empezó a subir la escalera, poniendo la mano sobre la lustrosa barandilla de caoba, imaginando con cada paso la fría mirada de desaprobación en el rostro de su abuela.

Al final de la escalera había un retrato de su padre. De pequeña solía salir de su cuarto por las noches para mirar ese retrato, preguntándose cómo habría sido su vida si él y su madre no hubieran subido al yate aquel fatal día de invierno.

Isobel no había querido saber nada de su hijo desde que se escapó con Camille du Toit, la *au pair* francesa que había contratado para ayudar al ama de llaves en las tareas de la casa.

Evidentemente, no quería compartirlo con alguien que pudiese hacerle olvidar sus obligaciones hacia la fortuna y la posición de la familia Forsythe y debió de ser un duro golpe para ella que no hiciera caso de sus amenazas de desheredarlo.

Cuando, tras la muerte de sus padres, Isobel por fin consiguió la custodia de Amira, que había estado unos meses viviendo con otros familiares, parecía haber decidido que había mimado demasiado a su hijo. De modo que a ella la educó de una forma austera, sin los gestos de cariño a los que sus padres la habían acostumbrado. En lugar de eso, Amira se encontró con un régimen disciplinado de estudios y expectativas académicas.

Pero, desgraciadamente, lo suyo no eran los estudios y su abuela le dejó claro que, si no se casaba bien, nunca llegaría a nada.

El peso de ganarse la aprobación de su abuela era como una losa sobre sus hombros adolescentes y fue un alivio descubrir su interés por las asociaciones benéficas por las que Isobel Forsythe era tan conocida.

Por eso, un año antes, cuando le habló de su idea de la Fundación Fulfillment, se quedó helada al saber que su abuela no tenía la menor intención de ayudarla. Isobel le dejó fríamente claro que eso era crear expectativas absurdas en «gente como ésa».

Pero Amira recordaba lo que era soñar de niña con cosas que no podía tener. Y los niños a los que quería ayudar tenían mucho menos de lo que ella había tenido. De modo que sacaría adelante la fundación, dijera lo que dijera su abuela. Aunque iba a ser difícil; los donativos empezaban a llegar, pero la fundación necesitaba un capital de al menos diez millones de dólares al año.

De modo que, incluso en su lecho de muerte, Isobel había conseguido salirse con la suya, obligándola a contraer un matrimonio de conveniencia.

Amira miró el retrato de su padre con los ojos llenos de lágrimas.

–Tiene que merecer la pena, papá. Tiene que ser así.

–Ésta es la lista de agencias de publicidad que podrían interesarnos.

Amira puso la carpeta sobre el escritorio de Brent y se dejó caer sobre la silla. Había ido a su casa esa mañana para que se decidiera de una vez.

Habían salido juntos en varias ocasiones durante las dos últimas semanas y el número de mensajes en su contestador empezaba a ser alarmante.

Además, la secretaria general de la fundación había presentado su carta de renuncia, de modo que Amira tenía más trabajo que nunca. No era culpa de Caroline. Nadie trabajaba gratis. Si pudiera, vendería algunas de las antigüedades que tenía en su habitación, pero todo pertenecía al fideicomiso de la familia Forsythe.

–¿Seguro que no prefieres hacerlo tú misma? –la voz de Brent llegaba por detrás de la pantalla del ordenador.

–Yo no tengo tiempo y tú tampoco. Es algo en lo que tenemos que delegar.

–Muy bien. ¿Cuál te parece mejor?

Amira abrió la carpeta y señaló uno de los currículums.

–Marie Burbank.

–¿Por qué?

–Tiene experiencia en publicidad corporativa, pero sobre todo en organizaciones no gubernamentales. Además, organizó varios eventos importantes antes de abrir su propia agencia.

Brent tomó el currículum para echarle un vistazo.

–Parece muy joven.

–Y eso significa que no estaba en el circuito la última vez… que tú y yo íbamos a casarnos y no estará influida por la horrenda publicidad que generó. Es joven, tiene ganas de trabajar y, como su agencia es nueva, también tiene tiempo para dedicárnoslo en exclusiva. Yo creo que eso la pone en cabeza, ¿no te parece?

–Muy bien, de acuerdo.

–¿No quieres conocerla en persona?

–¿Tú la conoces?

–Sí. Me cae bien y creo que podemos confiar en ella.

–Entonces no se hable más –dijo él–. Si estás lista, vámonos.

–¿Dónde? –Amira miró su Rolex–. Son las nueve y tengo una reunión a las once en el centro. ¿Tendremos tiempo?

–Depende de lo que tardes en elegir –contestó Brent, cerrando su ordenador portátil.

–¿Elegir qué?

–El anillo.

–¿El anillo? Pero... no es necesario.

–Todo el mundo esperará un anillo de compromiso. Y las apariencias son importantes, ¿no? Creo que los abogados de Isobel sospecharían de una boda sin anillos.

–¿Y mi antiguo anillo de compromiso? ¿Sigues teniéndolo?

–No –contestó él, sin mirarla–. Fue lo primero que vendí. No sé si te acuerdas, pero tuve que liquidar todas mis pertenencias para pagar a mis acreedores.

Amira apretó los labios, sintiendo una punzada de pena en el corazón. Sí, claro, lo había vendido. Un hombre como Brent no se agarraría al pasado, especialmente si el pasado tenía tantas connotaciones negativas.

–Sí, lo entiendo. Pero de verdad, Brent, yo prefiero no ir a comprar el anillo. Después de todo, no estamos enamorados. Compra el que tú quieras.

–No, tenemos que hacerlo juntos. Puede que no lo sepas, pero el valor de mis acciones ha aumentado desde que empezamos a salir juntos. Odio admitirlo, pero la verdad es que esta «relación» me viene muy bien.

Brent estaba tan cerca que podía oler su colonia. Era la misma que usaba años antes. La que ella solía regalarle.

–¿Qué dices?

Su voz había bajado una octava y Amira tragó saliva. Le gustaría echarse un poco más hacia delante, buscar sus labios y decir que sí...

Pero quería decir que sí a algo más que ir a comprar el anillo. Quería decirle que sí a él, como hombre.

Cada minuto que pasaban juntos le recordaba dolorosamente lo que había habido entre ellos ocho años antes. Lo que había tirado por la ventana. Lo que su abuela la había obligado a hacer y cómo había descubierto, demasiado tarde, que Isobel la había manipulado. A expensas de su felicidad y la de Brent, claro. Y ella había sido lo bastante ingenua como para dejar que pasara...

–¿Amira?

–Sí, muy bien, iré contigo. Pero debemos darnos prisa, no tengo mucho tiempo.

Brent salió del estudio y, mientras la precedía por la escalera, Amira pensó que, si su proximidad la alteraba de tal modo, quizá el precio de aquel matrimonio iba a ser demasiado alto para ella.

Desde la muerte de sus padres había deseado encontrar su sitio, ser querida y deseada por sí misma. Había tenido eso brevemente con Brent, pero lo había dejado escapar.

Creyó que aprendería a vivir con ese error, pero estar con Brent ahora demostraba lo contrario. Necesitaba amor, lo necesitaba a él, más que antes. Y la mataba por dentro saber que nunca volvería a ser la dueña de su corazón.

Capítulo Cinco

Brent miró el BMW descapotable de Amira por el retrovisor, pensativo. Su reacción lo había sorprendido. Había esperado que se alegrase al saber que iba a comprarle una joya. Bueno, no una simple joya, sino algo exquisito y discreto… y carísimo, claro. Como ella.

Pensó luego en lo que había dicho sobre su antiguo anillo de compromiso. ¿De verdad esperaba que lo hubiera conservado?

Brent sacudió la cabeza. Sí, seguro. Lo único que deseaba cuando lo dejó plantado era librarse de todo aquello que le recordase a Amira. Y conservar su apartamento, el sitio en el que se habían convertido en amantes, había sido más por necesidad que por razones sentimentales.

El alquiler que le daban por él lo había ayudado a pagar a sus acreedores y su venta cinco años antes lo había ayudado un poco más. Y ahora allí estaba, triunfante, fuerte, económicamente seguro pasara lo que pasara en el futuro.

Se preguntó entonces si su matrimonio con Amira habría sido una unión feliz. Si Su Alteza hubiera podido tolerar el barato apartamento en el que se vio obligado a vivir, o las latas de comida preparada en lugar de las cenas en restaurantes de cinco tenedores mientras ahorraba cada céntimo para pagar sus deudas.

Brent miró de nuevo por el espejo retrovisor. Lo dudaba. Sí, seguramente Amira lo habría intentado… hasta que hubiese visto la primera cucaracha en la cocina.

En fin, todas esas conjeturas eran irrelevantes. Lo importante era llevar aquello hasta su amargo final. Y sería amargo. No era fácil olvidar el daño que le había hecho aquella mujer. Aún podía recordar la sensación de angustia cuando Adam le mostró el mensaje de texto en su teléfono móvil…

De alguna forma, no sabía cómo, había sido capaz de anunciar a los invitados que la boda se cancelaba. Y podía contar los pasos que había dado hasta la puerta de la iglesia, donde ella no estaba esperando.

A partir de ahí, todo era un borrón. Draco y Adam se habían reunido con él en la acera mientras intentaba parar un taxi, tomándolo del brazo para llevarlo al coche de su primo. La gente había empezado a salir de la iglesia, todos ellos sorprendidos. Incluso los fotógrafos y los reporteros se movían de un lado a otro, desconcertados.

Amira lo había dejado plantado en la iglesia con un mensaje de texto. Seguía sin poder creerlo.

Adam lo había llevado a la mansión de los Forsythe, donde el ama de llaves les informó fríamente de que la señora y la señorita Forsythe no estaban en casa y no se las esperaba durante algún tiempo. Brent había vuelto a su apartamento, seguro de que no quería volver a verla en toda su vida.

Había sido un final desastroso para una semana infernal. Todo su mundo se había derrumbado. Primero, los productos devueltos al almacén porque estaban defectuosos. Las llamadas a los proveedores no habían servido de nada y, para no destruir el nombre que empezaba a hacerse en el mercado, Brent había garantizado las devoluciones personalmente.

Apenas dormía por las noches, repasando presupuestos y cifras, buscando la manera de reunir el dinero. No había querido contárselo a Amira porque estaba seguro de que podría solucionar el problema. Pero, por supuesto, no esperaba que los periódicos publicasen la noticia la mañana de su boda. Y tampoco había contado con que Amira leyese el periódico y decidiera que no quería casarse con alguien que estaba al borde de la ruina.

Brent levantó el pie del acelerador y puso el intermitente para entrar en el aparcamiento de la joyería. Amira tenía que aprender que no se podía tratar así a la gente.

Una vez en la joyería, el propietario los llevó a una salita privada, donde colocó varias cajas de terciopelo negro sobre una mesa. Brent observó el rostro de Amira mientras el hombre le presentaba cada anillo para que diera su aprobación.

No sabía qué esperaba ver, un brillo de avaricia quizá, pero no, Amira permaneció tan fría y compuesta como si estuviera presidiendo una cena benéfica.

–¿Tú qué crees, Brent? Son todos preciosos, no sé cuál elegir.

Estaba sonriendo, pero Brent se dio cuenta de que era una sonrisa helada, mecánica, de las que reservaba para cuando no estaba concentrada en algo. Un gesto que había ido perfeccionando con el tiempo gracias a su abuela.

–¿Qué tal éste?

Brent eligió el diamante más grande, una piedra que reflejaba todos los colores del arco iris en sus múltiples caras.

–No, ése no me gusta demasiado.

–Tal vez algo menos llamativo –sugirió el joyero, abriendo otra de las cajas.

Dentro había un diamante de talla princesa, con dos diamantes más pequeños a cada lado. Era un anillo precioso y Brent lo puso en su dedo.

–Sí, yo creo que te queda bien –dijo, sin mirar a Amira.

No podía mirarla porque no dejaba de recordar la noche que había puesto en su dedo el primer anillo de compromiso. Había planeado cada detalle esa noche... una cena sencilla y romántica en el campo, en un sitio desde el que se podía ver la bahía de Auckland. Cuando el sol empezó a ponerse en el horizonte, Brent hincó una rodilla en el suelo y le desnudó su corazón. Y cuando ella le dijo que sí, pensó que nunca podría ser más feliz.

–¡No!

La exclamación de Amira lo devolvió al presente.

–¿Por qué? ¿No te gusta? Es un anillo precioso. Vale más de lo que gana mucha gente en todo un año...

–Por eso no me gusta. Tú sabes que trabajo con gente necesitada y este anillo... es demasiado ostentoso. ¿No tiene algo más sencillo?

El joyero, perplejo, abrió un cajón de la mesa para sacar una bandeja de anillos.

–Quizá éstos le gusten más.

Brent se quedó mirando mientras Amira elegía entre una selección de aguamarinas.

–Éste –dijo por fin, eligiendo un aguamarina cuadrada rodeada de brillantitos.

–No, mejor éste –anunció Brent, sacando un aguamarina más grande y rodeada de diamantes. Después de poner el anillo en su dedo, movió su mano para que reflejase la luz.

–Es una buena elección –sonrió el joyero–. Cinco quilates de excelente claridad y los veinticuatro diamantes que la rodean...

–Es demasiado –protestó Amira.

–Puedes decir que es falso, si te parece –la interrumpió Brent, sin percatarse de que el joyero se había puesto pálido–. Eres mi prometida y debes llevar un anillo adecuado.

Amira preferiría un diamante falso. Falso como su compromiso. Falso como lo sería su matrimonio. De repente, sintió que no podía seguir adelante. Era demasiado. Una cosa era mostrar una cara frente al mundo, otra muy diferente tener que mantenerla cuando estuvieran solos.

–¿Qué decides?

Amira se preguntó entonces qué pensaría el joyero sobre aquella escena. Desde luego, no era lo que uno esperaría de una pareja de enamorados.

–Muy bien, de acuerdo –suspiró por fin.

–No te lo quites. Es mejor que lo lleves puesto a partir de ahora. Esta noche tenemos que ir a esa cena benéfica, ¿no? Seguramente alguien lo verá y eso hará que se desaten los rumores. ¿Quién sabe? A lo mejor he conseguido subir un par de puntos más en el mercado de valores por la mañana.

El tono burlón envió un escalofrío por su espalda, pero no dijo nada.

El gesto despreocupado de Brent mientras sacaba una tarjeta platino de la cartera le dijo lo que pensaba de todo aquello. Le habría dado igual si hubiera elegido el diamante, el precio no era un problema para él.

Amira se preguntó entonces por qué habría querido que eligiese algo llamativo y caro. ¿Había olvidado que el dinero nunca había sido lo más importante para ella?

Después de completar la transacción, salieron juntos de la joyería.

–Nos vemos esta noche –dijo Amira, antes de subir a su coche.

–Mi chófer irá a buscarte a las ocho.

–¿Tu chófer?

¿No iba a buscarla en persona? Ella no quería llegar sola al hotel y menos con aquel anillo en el dedo. No sería fácil mantener la pose cuando tuviera que enfrentarse con las inevitables preguntas...

–Nos veremos allí. Yo tengo que atender asuntos en el centro hasta las seis, así que he reservado una suite en el hotel para cambiarme de ropa.

–Muy bien.

Mientras se alejaba para ir a su reunión, Amira miró por el espejo retrovisor. Brent seguía en el aparcamiento, las gafas de sol ocultando sus ojos, pero sin duda estaba mirándola.

Y experimentó entonces una sensación de estar cayendo al vacío. Aquello había sido idea suya pero, de repente, sentía como si hubiera perdido el control de la situación. Y el control era vital para llevar aquello a buen puerto. Si no, todo habría sido en vano.

El elegante Mercedes negro se detuvo a la entrada del hotel y Amira esperó pacientemente a que el conductor le abriese la puerta. Luego bajó del coche, dejando que la seda blanca del vestido acariciase su cuerpo. Los guantes hasta el codo le permitían esconder el anillo, por el momento, y se ajustó al cuello la estola de falso visón blanco mientras daba un paso adelante.

Pero entonces una mano tomó la suya...

–Ah, ya estás aquí.

–Te dije que estaría aquí –murmuró Brent–. Vamos a darles una buena fotografía, ¿no?

Brent buscó sus labios y Amira se inclinó hacia él sin darse cuenta, atraída por su calor, por su fuerza. El beso terminó enseguida, pero no por eso fue menos devastador. Un escalofrío la recorrió de arriba abajo mientras su visión se veía oscurecida por los fogonazos de los fotógrafos.

–Señorita Forsythe, ¿es cierto que ha retomado su romance con Brent Colby?

–¿Desde cuándo están juntos?

–¿Qué pensaría tu abuela de que hayáis vuelto a estar juntos?

Les llegaban preguntas de todas direcciones, desconcertándola, pero Brent, tirando suavemente de su mano, la llevó hacia la puerta de cristal.

–Creo que ya les hemos dado suficiente por una noche, ¿no te parece?

–Sí, desde luego.

Amira intentó respirar, tarea nada fácil, mientras entraban en el vestíbulo. Para ello, se concentró en los músculos de su antebrazo, en la fina tela de la chaqueta, en el atrayente aroma de su colonia...

–Una pena que no hayamos decidido hacer el anuncio de nuestro compromiso esta misma noche.

–Si lo hiciéramos público durante una cena benéfica, no podríamos vender la exclusiva –replicó ella–. Marie opina que deberíamos hacerlo la semana que viene y yo estoy de acuerdo.

–Espero que sepas lo que haces –murmuró Brent, apretando los labios.

Su respuesta lo había molestado, era evidente. ¿Por qué no le contaba toda la historia? ¿Qué le impedía contarle la verdad sobre la fundación, sobre los obstáculos que su abuela había puesto en su camino? ¿Sobre sus promesas a los niños?

Amira tragó saliva para contener su angustia. El orgullo y el miedo al fracaso se mezclaban con su deseo de triunfar en la vida por sí misma. Haciendo algo que no hubiera sido manufacturado por su abuela. Algo que no fuese deducible de los impuestos y pudiera darle cierta esperanza a familias de todo el país.

Algo que, por primera vez desde que tenía diez años, pudiese llamar auténticamente suyo.

Amira miró las serias facciones de Brent. Tenía el ceño arrugado y sus ojos, más verdes que castaños esa noche, brillaban de furia.

A pesar de todo, Brent Colby era el único hombre que querría tener a su lado. Sí, había pensando en otros hombres para el papel de marido, pero estaba siendo sincera cuando le dijo que no quería que el suyo fuese un matrimonio real.

Una punzada de algo indefinible le dijo que eso no era verdad. Y que la verdad era mucho más asombrosa e inesperada.

¿Creía, en el fondo de su corazón, que aquel matrimonio con Brent iba a funcionar? ¿Que Brent podría volver a quererla como la había querido una vez?

Esa idea provocó una ola de emoción... que se estrelló contra el muro del pasado. No, Brent nunca la perdonaría por lo que le había hecho. Nunca. Sólo había aceptado aquel matrimonio porque le convenía para ampliar su imperio.

Se había metido en aquello con los ojos bien abiertos y atreverse a soñar con otra cosa sería luchar contra los molinos de viento, pensó. Y, por una vez, Amira agradeció el pragmatismo que su abuela había intentado inculcarle durante toda la vida.

Si Brent llegaba a imaginar que, en realidad, quería que el suyo fuese un matrimonio de verdad, no tenía la menor duda de que se reiría de ella. Sería mejor convencerse de que no era más que una farsa, se dijo a sí misma. De ese modo, nadie resultaría herido.

Capítulo Seis

Mientras saludaban a unos y a otros en el salón de baile, Amira aprovechó la oportunidad para presentarle a varios miembros de la Cámara de Comercio. La solicitud de Brent de formar parte del consejo seguía en estudio y eso significaba, básicamente, que debía mostrarse amable para que hicieran caso de la recomendación de Amira. ¿Tomarían la decisión esa misma noche? Eso esperaba, desde luego.

En cualquier caso, merecía la pena porque llevaba años esperando que lo tuvieran en consideración y, sin embargo, su último proyecto era parado continuamente. Con la construcción de la nueva zona deportiva, la creación de negocios, tiendas y aparcamientos en la zona sería enorme, de modo que cuanto antes consiguiera el visto bueno para su proyecto, mejor.

La orquesta empezó a tocar y varias parejas se dirigieron a la pista de parqué.

–¿Quieres bailar?

Amira levantó la cabeza, sorprendida. Por un momento, Brent pensó que iba a decir que no, pero después hizo un aristocrático asentimiento de cabeza.

–Espera, voy a dejar mis cosas… –Amira dejó el bolso sobre la mesa y se quitó la estola.

–¿Quieres que lo lleve al guardarropa?

–No hace falta. No es nada de valor.

¿Nada de valor? Brent estaba seguro de que tanto el bolsito de noche como la estola valían miles de dólares.

Su despreocupación lo sorprendía, pero se olvidó de todo cuando, al quitarse la estola, le llegó el aroma de su perfume. Allí estaba otra vez, esa intrigante fragancia, una mezcla de especias y flores. Lo golpeó directamente en las entrañas, poniendo sus cinco sentidos en alerta.

–Sólo tardaré un minuto.

El corto espacio de tiempo que tardó en llevar el bolso y la estola al guardarropa le permitió tranquilizarse un poco. Negocios, se recordó a sí mismo. Sólo era un acuerdo de negocios. Con una sana dosis de venganza, le recordó una vocecita mientras tomaba la mano de Amira para llevarla a la pista.

Ella se dejaba llevar en sus brazos como si fuera algo que hiciesen todos los días. Y ocho años antes, sí, lo hacían mucho. Cuando ella iba a visitarlo a su apartamento, Brent siempre tenía algo de música en el estéreo. A veces algo de jazz, similar a lo que la orquesta estaba tocando en ese momento. Otras veces, las suaves notas de un concierto de música clásica. Le encantaba la música de cualquier tipo, pero lejos de la oficina, o de alguna de aquellas reuniones sociales, prefería la música suave. Le ayudaba a relajarse al final de un día estresante. Y era mucho más fácil cuando la tenía a ella entre sus brazos.

En cuanto a compañía femenina, había tenido cuidado durante los últimos años de no salir públicamente con una mujer más de dos veces porque no quería que lo emparejasen con nadie. Sí, un día esperaba casarse y formar una familia, pero antes tenía mucho trabajo que hacer.

Además, había otras formas de relajarse; la piscina de su casa, por ejemplo, donde nadaba a veces durante horas. O podía quedar con Draco y Adam para jugar un partido de tenis en la pista que había construido en su casa.

No necesitaba a Amira para relajarse. Aunque, mientras se movían al ritmo de la música, sintió que su pulso se aceleraba y reconoció una familiar tensión en su entrepierna al tenerla tan cerca.

Estaba preciosa aquella noche. Como una princesa, llena de encanto y estilo. Llevaba el pelo sujeto en un moño que dejaba al descubierto su largo y elegante cuello y unos pendientes de diamantes. Las tiras que sujetaban el vestido parecían increíblemente frágiles, mostrando la curva de sus hombros con una femenina elegancia que parecía llamarlo para que las apartase, para reemplazarlas por sus dedos.

Brent intentó controlar tales pensamientos. Si no tenía cuidado, iba a perder la cabeza.

Negocios, se recordó. Estrictamente un acuerdo de negocios.

–Parece que los miembros del consejo de la Cámara están hablando sobre algo. Con un poco de suerte será sobre tu solicitud –dijo Amira en voz baja, acariciando el rostro de Brent con su aliento.

Él se giró ligeramente para ver a los empresarios más poderosos de Auckland alrededor de lo que parecía una botella de Chivas de cincuenta años. Uno de los hombres señaló hacia ellos y Brent se dio cuenta de que los demás asentían con la cabeza.

–Esto tiene un aspecto muy prometedor. Si de verdad están hablando de mi solicitud, claro.

–Yo creo que tienes a mi tío Don de tu lado. Cuando él dé su aprobación, los otros lo harán también.

–¿Tu tío Don? No sabía que tuvieras parientes vivos.

–No es mi tío carnal, es mi padrino –contestó ella, apartando la mirada. Y Brent se regañó a sí mismo por tener tan poco tacto–. Mi padre y él eran compañeros de colegio. Yo no tengo mucho contacto con él, pero sé que siente un gran afecto por mí. Y si le pido que te haga un sitio en el consejo de administración de la Cámara de Comercio, estoy segura de que apoyará tu solicitud.

La música terminó entonces y el maestro de ceremonias subió al estrado, invitando a los presentes a sentarse.

Brent sintió una inexplicable sensación de vacío cuando Amira se apartó de su lado para volver a la mesa, pero intentó disimular mientras hablaba con sus compañeros de mesa.

Ella conseguía relacionarse con todo el mundo de una manera asombrosa. Por su manera de sonreír, nadie podría imaginar cuánto trabajo había puesto en aquella velada. Pero las personas como Amira Forsythe podían ir a comer a los restaurantes más lujosos y besar al aire durante todo el día mientras, por detrás, su equipo organizaba todo aquello que les conviniera.

Cuando llegó el momento del discurso, la vio levantarse de la silla y dirigirse al estrado con toda tranquilidad. El escote del vestido dejaba ver una espalda bronceada, perfecta.

Por fin, cuando se quitó los guantes y las luces de salón se reflejaron en el anillo de compromiso, Brent sonrió, satisfecho.

Pero todos los hombres estaban mirándola y, aunque intentó convencerse a sí mismo de que no se sentía posesivo, fracasó miserablemente.

Era ridículo, se dijo. Pero esa reacción sería la esperada si de verdad fuesen una pareja. Con eso en mente, fulminó a uno de sus admiradores con la mirada y se dio por satisfecho cuando el atrevido tuvo el buen gusto de mirar hacia otro sitio.

Su compromiso era un simple acuerdo, se recordó a sí mismo por enésima vez, pero también había mucho de juego en ello y él era un consumado jugador. De modo que se arrellanó en la silla, escuchando a Amira dar las gracias a los patrocinadores antes de entregarle un cheque al director de la organización benéfica para la que se había organizado la velada.

Cuando volvió a la mesa, Brent se acercó un poco más.

–Lo haces muy bien. Incluso yo estaba convencido de que lo hacías de corazón.

–Pues claro que lo hago de corazón –replicó ella, perpleja–. No sé cuáles eran las razones de mi abuela para involucrarse con tantas organizaciones benéficas, pero yo lo hago porque me importa de verdad.

–¿Te gusta ayudar a los menos afortunados? –preguntó Brent, escéptico.

Amira lo miró a los ojos, furiosa.

–Pues sí. Aunque no sea asunto tuyo.

–¿Y todos esos millones que vas a heredar? ¿Qué piensas hacer con ellos? Venga, Amira. No esperarás que crea que esta vena filantrópica tuya es real. Sólo es un juego para ti, ¿verdad? Algo que hacer durante el día. Supongo que estarás deseando pasarlo bien con todo ese dinero.

Ella tuvo que morderse la lengua. Sabía que mucha gente la veía sólo como la nieta de Isobel Forsythe y no por quién era o lo mucho que había trabajado para sacar adelante algunas de esas asociaciones. Hasta entonces no le había importado lo que dijeran los demás, pero ahora...

El comentario de Brent le había dolido de verdad. Y si era eso lo que pensaba de ella, se alegraba de que el suyo fuera a ser sólo un matrimonio de conveniencia. Sería más fácil esconder sus sentimientos por él sabiendo que tenía tan mala opinión de ella.

–Bueno, uno nunca tiene demasiado dinero... como tú pareces saber muy bien.

Brent levantó su copa.

–Brindemos por eso entonces. Me alegro de que seas sincera conmigo.

¿Sincera? Siempre había sido sincera con él. El problema era que la única vez que había dudado de sus sentimientos, que había dudado de lo que le decía el corazón, había cometido el mayor error de su vida. Y eso era algo que Brent nunca iba a perdonar.

Poco después fueron invitados a la mesa de los empresarios y, después de presentar a Brent, Amira se retiró discretamente. Ella había cumplido haciendo las presentaciones, y las llamadas previas pertinentes, ahora todo dependía de él.

Mientras comprobaba con el personal del hotel que todo iba como habían acordado, tocó el anillo que llevaba en el dedo. Qué diferente a su primer anillo de compromiso, pensó. Y qué diferentes las circunstancias. Había sido una loca por escuchar a Isobel esa mañana. Debería haber imaginado que Brent tenía sus razones para no hablarle del colapso de su negocio. Debería haber confiado en su instinto y saber que su atracción por ella no tenía nada que ver con el dinero de su abuela.

Si Brent supiera la verdad…

A la mañana siguiente, en todos los periódicos se especulaba sobre una relación entre los dos, como Amira había supuesto. Unas horas después empezarían a llegar las llamadas de las revistas, todas ellas pidiendo una exclusiva. Y eso significaba dinero.

Amira sonrió al pensar que podría decirle a Casey y a su nueva familia que irían a Disneylandia. Sólo por eso, todo merecía la pena. Incluso el dolor de casarse con un hombre que no la conocía y no tenía la menor intención de conocerla o perdonarla por lo que había pasado ocho años antes.

Suspirando, cambió el mensaje de su teléfono para que todas las llamadas se dirigiesen a su publicista.

Y seguramente lo mejor sería que Brent hiciera lo mismo, pensó, marcando su teléfono.

–¿Sí?

–Buenos días, Brent. Espero que hayas dormido bien ahora que tu proyecto ha recibido el visto bueno.

Antes de irse del hotel, Amira le había dicho que, según su tío, había sido aceptado de hecho como miembro del consejo de administración de la Cámara de Comercio.

–Sí, gracias. He dormido muy bien, aunque hubiera preferido no tener que correr esta mañana seguido de una horda de fotógrafos –suspiró él–. Creo que hasta que todo esto se calme, lo mejor será que haga ejercicio en casa. Además, así utilizaré un poco la cinta. ¿Y tú? ¿Contenta de cómo ha ido todo?

–Sí, claro.

Amira pensó en lo vacía que sonaba aquella conversación. Como si fueran dos colegas de trabajo y no dos personas a punto de casarse. Su compromiso era una amarga victoria, pero una victoria al fin y al cabo, se recordó a sí misma.

–Deberías cambiar el mensaje de tu contestador y dirigir todas las llamadas al teléfono de Marie.

–Ah, buena idea.

–Por cierto, estaba pensando que las revistas se sentirían aún más intrigadas si no apareciésemos juntos en unos días. ¿Qué te parece?

Brent vaciló un momento antes de contestar y Amira no tuvo el menor problema para imaginar su expresión. Sin duda pensaría que tenía una agenda oculta o algo parecido.

Y quizá era así. Una parte de ella se preguntaba si no sería más fácil no tener que recordar cada día lo que había perdido ocho años antes o lo artificial que era su vida desde entonces.

–Sí, claro. Como el proyecto del puerto sigue adelante, imagino que voy a estar muy ocupado a partir de ahora.

Amira lamentó haber hecho tal sugerencia en cuanto colgó el teléfono. Pensaba que así sería más fácil, pero... en realidad aprovechaba cualquier excusa para verlo, para tocarlo, aunque sólo fuera cuando había gente delante.

Ahora no tenía excusa para verlo en una semana y, según su propia admisión, Brent estaría muy ocupado, de modo que tendría que encontrar algo para no pensar en él.

A finales de esa semana, Marie había recibido llamadas de todas las revistas, como esperaban, solicitando una entrevista en exclusiva con Brent y con ella. Las increíbles sumas que ofrecían eran más o menos parecidas, con algunos incentivos para endulzar las propuestas.

–¿Qué les parece? –preguntó Marie, dejando las propuestas sobre el escritorio de Brent.

–¿Cuál de ellas tiene mayor circulación? –preguntó Brent.

–Ésta –contestó la publicista, señalando una de las ofertas.

–Entonces le daremos a ellos la exclusiva.

–No –dijo Amira entonces.

–¿Prefieres otra revista?

Amira se irguió en la silla y eligió cuidadosamente sus palabras. Aunque daría igual cómo lo dijera porque él seguiría convencido de que era una mercenaria. Pero pensó en los salarios que debía, en la angustia que estaba pasando la gente de la fundación…

–No estoy satisfecha con la oferta. Yo creo que deberíamos pedir más, como una especie de subasta entre todas las revistas.

–Una subasta… nunca he hecho algo así –Marie arrugó el ceño–. Pero creo que tiene razón, señorita Forsythe. Podríamos conseguir que aumentasen las ofertas, estoy segura –la publicista se quedó pensando un momento–. Sé que ha vetado que se mencione su pasado compromiso, pero quizá deberíamos ofrecerles algo más.

–¿Algo más? ¿A qué te refieres?

–Quizá la razón por la que se separaron la primera vez…

–Podría ser.

Brent se levantó del sillón.

–¿Eso es lo que quieres, Amira? –le espetó, furioso–. ¿Remover el pasado para conseguir más dinero?

–Si eso es lo que hace falta para aumentar la oferta, sí.

Fue como si la luz desapareciera de los ojos de Brent.

–Entonces haz lo que tengas que hacer.

Marie miraba de uno a otro, perpleja.

–Me pondré con ello ahora mismo.

–Gracias –Amira esperó hasta que la publicista salió del estudio, sin dejar de mirar a Brent–. Confío en que este cambio de planes no haga que te eches atrás.

–No te preocupes, acudiré a esa entrevista. Pero no creo que tengas que hacer esto.

–Créeme, tengo que hacerlo.

La expresión de Brent lo decía todo. Pensaba que era una avariciosa, una interesada. ¿Qué sabía él?

–¿Cuándo será suficiente, Amira?

–¿Es que no lo sabes? Nunca es suficiente para la gente como yo –replicó ella, intentando disimular su pena.

No podía contarle la verdad. No podía decirle la influencia que su abuela había tenido sobre ella toda la vida. Que, siendo su única nieta, nunca había sabido ganarse su corazón. Que para Isobel siempre había sido un ejemplo de lo que ella veía como el fracaso del matrimonio de su hijo.

–Me compadecería de ti si pensara que eso podría servir de algo.

–Yo no te he pedido que te compadezcas de mí –replicó Amira, inyectando hielo en su tono de voz–. Hago lo que tengo que hacer, sencillamente.

–Sí, eso está claro –asintió él, volviéndose para mirar el estuario desde la ventana–. Si hemos terminado, creo que deberías marcharte.

–Muy bien. Estaremos en contacto a través de Marie.

Brent se limitó a asentir con la cabeza y, mientras salía del estudio, Amira sintió como si otro pedazo de su alma se hubiera roto.

Capítulo Siete

La entrevista fue muy bien y la sesión de fotos mostraba exactamente lo que debía mostrar: una pareja enamorada que se había dado una segunda oportunidad para encontrar la felicidad.

Amira dejó el ejemplar de la revista sobre la mesita de café. ¿Entonces por qué no se sentía feliz?, se preguntó. La publicación había vendido cientos de miles de ejemplares en cuanto apareció en los quioscos y los supermercados y Marie había recibido ofertas de Australia.

Debería estar saltando de alegría. El dinero de la entrevista ya había sido depositado en la cuenta de la fundación y los salarios de los empleados pagados, junto con un generoso extra por su lealtad.

Amira se llevó una mano al pecho. El dolor que sentía por dentro no desaparecía, al contrario.

La sonriente pareja que la miraba desde la portada de la revista no parecía real. Quizá porque no lo eran, pensó.

Y tal vez su angustia provenía del sobre que había llegado a su casa unos días antes: el acuerdo prematrimonial que ella misma había sugerido redactase el abogado de Brent.

Un acuerdo que firmó después de mirarlo por encima y devolvió por mensajero. Sí, sabía que debería haber hecho que su abogado lo revisara, pero en realidad era muy sencillo.

Las condiciones estaban bien claras: a cambio de su acuerdo de matrimonio, Brent conseguiría un puesto en el consejo de administración de la Cámara de Comercio de Auckland, junto con el diez por ciento del dinero de la herencia de su abuela.

Gerald Stein, el abogado de la familia, seguramente sufriría un infarto si supiera lo que había hecho, pero estaba de vacaciones en ese momento, visitando las catedrales de Europa. Además, Amira había tomado el control de su vida.

Lo importante era que ahora todo el mundo sabía que estaban comprometidos. Por supuesto, que lo supiera todo el mundo significaba que pronto lo sabría también su primo Roland y que, por lo tanto, sus planes de mudarse a la residencia de Isobel Forsythe se habían ido por la ventana.

Amira se preguntó qué clase de mensaje le dejaría cuando recibiese la noticia. Afortunadamente, existían los contestadores, pensó, irónica.

Como si pensar en ello lo hubiese conjurado, el teléfono sonó en ese momento y Amira se sobresaltó. Pero, dejando escapar un suspiro de alivio, en la pantalla reconoció el teléfono de Gerald Stein.

–¿Cómo estás, Gerald? ¿Qué tal las vacaciones?

–Muy bien, gracias. Pero dime una cosa: ¿se puede saber qué estas haciendo?

–¿Cómo dices?

–Tenemos que hablar, Amira, urgentemente.

–Estoy cumpliendo con la cláusula del testamento de mi abuela, Gerald. Supongo que has visto las noticias…

–Por supuesto –la interrumpió Gerald–. Mira, es vital que hablemos antes de que hagas nada más. Y, por favor, no des más entrevistas hasta que hayamos hablado. Te espero en mi despacho a las tres y media.

Sin esperar respuesta, el abogado colgó, dejándola con el teléfono en la mano. Gerald nunca se había mostrado tan abrupto o tan nervioso. Ni siquiera cuando Isobel murió y llevaban muchos años juntos. De hecho, Amira había pensado muchas veces que entre ellos había algo más que una relación abogado-cliente.

Pero, hubiera pasado lo que hubiera pasado antes, lo importante ahora era su futuro, se dijo.

Eligió un atuendo conservador para su reunión con el abogado: una sencilla blusa de seda rosa y un traje negro de chaqueta con falda hasta la rodilla y zapatos de charol negro a juego con el bolso. Luego se hizo una larga trenza que caía por su espalda en línea recta, rozando su columna al caminar.

El bufete de Stein & Stein estaban en el centro de la ciudad, en uno de los edificios históricos de la calle Queen, que se resistía a la modernización de esa zona de Auckland.

Mientras subía a su despacho, Amira se preguntaba si la llamada de Gerald tendría algo que ver con los problemas que había tenido para pagar a los empleados. El bufete de Stein & Stein se encargaba de los asuntos legales de la fundación Fulfillment y...

¿Y si alguien había demandado a la fundación?

Gerald no perdió el tiempo y fue directamente al grano en cuanto entró en su despacho:

–Tienes que cancelar tu compromiso con Brent Colby.

–¿Cancelar mi compromiso? –repitió ella, atónita–. ¿Por qué? Gerald, tú sabes que tengo que casarme para heredar. Brent y yo hemos llegado a un acuerdo y...

–Es imposible. Lo siento, Amira, pero no tienes más remedio que hacer lo que te digo –Gerald la miraba con gesto de preocupación.

–Pero no lo entiendo. Tú mismo me dijiste que debía casarme antes de cumplir los treinta años para poder recibir la herencia y eso es lo que pretendo hacer... en ocho semanas.

–Si quieres heredar, no será casándote con Brent Colby –insistió el abogado–. Mira, yo no vi la necesidad de hablarte de esa condición porque jamás se me ocurrió que volverías con Colby. Ya sabes lo que Isobel pensaba de él... en fin, no quise decírtelo para no hacerte daño y me temo que he metido la pata. Lo siento mucho, cariño.

Amira se llevó una mano al corazón. ¿Gerald le había ocultado una parte fundamental del testamento de su abuela porque no quería disgustarla? De repente, sintió que su frente se cubría de un sudor frío. ¿Qué habría puesto Isobel en esa condición para que tuviera que romper su compromiso con Brent?

–Dime la verdad, Gerald.

–Tú sabes que tu abuela siempre creía hacer las cosas por tu bien...

–Háblame de esa condición –lo interrumpió ella.

–Sí, en fin… –Gerald se aclaró la garganta mientras buscaba unos papeles y empezaba a leer–. «En ninguna circunstancia podría mi nieta, Amira Forsythe, heredar mi fortuna si retomase su compromiso con Brent Colby o se casara con él».

El corazón de Amira se encogió. Aquello era increíble, absurdo. ¿Cómo podía Isobel haber redactado una cláusula tan repugnante? ¿Por qué había querido controlar su vida incluso una vez muerta? ¿No era ya suficientemente horrible haber usado el chantaje emocional para evitar que se casara con Brent ocho años antes?

¿Y ahora, desde la tumba, quería impedir que se casara con él?

–Imagino que podré impugnar esa cláusula del testamento –dijo Amira cuando pudo encontrar su voz.

–Puede que sí y puede que no –suspiró Gerald–. En cualquier caso, ¿crees que tendrás tiempo antes de que el juicio se haya resuelto? Además, no me gusta recordártelo, pero… ¿tienes fondos para tal batalla legal?

Amira no había creído que la situación pudiese empeorar, pero las palabras de Gerald fueron como un jarro de agua fría. No, ella no tenía fondos para una batalla legal. No tenía fondos en absoluto, su abuela se había encargado de que así fuera.

Angustiada, se dejó caer sobre el sillón de cuero donde tantas veces se había sentado alegremente cuando era una niña. El contraste entre entonces y ahora nunca había sido más evidente.

¿Quién hubiera pensado que su vida acabaría así? Una marioneta manejada por su abuela incluso después de muerta.

–Sé que esto ha sido una sorpresa para ti, pero se me ha ocurrido una alternativa.

–¿Cuál, declararme en bancarrota o vivir en la calle a partir de ahora? –replicó ella, irónica.

Sin el dinero de su abuela, la fundación no podría subsistir. Ella no podría subsistir. Por no hablar de la seguridad económica de los empleados de la fundación o los sueños de los niños...

¿Cómo iba a decirles que no podría hacer nada de lo que les había prometido? ¿Cómo iba a darle la noticia a Casey?

Un sollozo subió a su garganta, pero lo contuvo, cerrando los ojos un momento para recuperar la calma. ¿Por qué cada vez que se abría una puerta, otra se cerraba violentamente?, se preguntó.

Gerald volvió a aclararse la garganta.

–Mira, no quiero ser poco delicado, pero ¿recuerdas la otra parte de la cláusula?

–¿Qué otra parte?

–Hay una subcláusula relativa a tener hijos antes de cumplir los treinta años –Gerald parecía tan incómodo que no se atrevía a mirarla–. Si tuvieras un hijo, podrías heredar sin ningún problema.

¿Un hijo? ¿Tenía que encontrar a un hombre que quisiera tener un hijo cuando lo único que quería era aquello a lo que tenía derecho? Brent estaba fuera de la cuestión, claro. En cuanto supiera que debían romper su compromiso otra vez no volvería a mirarla a la cara.

¿Y qué le quedaba? ¿Un donante de esperma? ¿Un revolcón de una noche con la esperanza de quedar embarazada? No, imposible. No podría hacer ni lo uno ni lo otro.

No, si iba a tener un hijo sería un hijo de Brent Colby. De modo que sólo había una opción.

Un hombre.

¿Podría hacerlo? ¿Podría esconderle la verdad, que iba a dejarlo plantado de nuevo, el tiempo suficiente como para quedar embarazada?

Se le encogió el estómago al pensar en utilizarlo tan fríamente. Pero una vez habían tenido una relación apasionada... ¿podría remover de nuevo las brasas de ese fuego?

Pensó en Casey, una niña a quien la vida le había dado ya tantos golpes, con la pérdida de su familia y la leucemia... pensó en los otros niños de la fundación Fulfillment. O en las familias desesperadas por encontrar alguna esperanza, familias que merecían algo más que meses o años de angustia y desesperación.

Una imagen del rostro de las disolutas facciones de Roland apareció en su mente junto con los últimos cotilleos de Australia que especulaban sobre sus deudas de juego, su afición al alcohol y a las mujeres fáciles.

Y supo entonces que tenía que hacerlo. Debía seducir a Brent para tener un hijo.

Capítulo Ocho

–Un cincuenta por ciento, no está mal –comentó Adam, mientras observaba a Brent golpear las bolas de billar con el taco–. Es posible que yo mismo apueste algo de dinero. ¿Tú qué crees?

A pesar de los intentos de Adam por distraerlo, Brent envió dentro la bola marrón y se colocó para el siguiente punto.

La televisión de plasma montada en la pared de la sala de juegos estaba encendida y, no satisfecho con el cincuenta por ciento de posibilidades de que Amira no apareciese en la iglesia el día de su boda, el segundo presentador del programa opinaba que sería Brent quien no apareciese.

–Creo que deberías guardarte el dinero –dijo Brent, esperando que su primo dejase el tema–. O por lo menos apuesta una cantidad decente.

–Venga, hombre –rió Adam–. Tú sabes que no tengo intención de hacerlo. ¿No puedo reírme un rato de ti? Esta noche, con Draco desaparecido, no voy a poder sacarte dinero…

–No es una broma, Adam.

–Sí, lo sé. Sé que la última vez te hizo mucho daño –dijo su primo, poniéndose serio–. Bueno,

¿cómo va el asunto? Últimamente se os ve mucho juntos. ¿Habéis hecho las paces o qué?

Brent empezó a poner tiza en la punta del taco. ¿Hacer las paces? No, imposible. Pero sabía que estar con él lo afectaba. En el programa de televisión habían mostrado imágenes de Amira en un momento en el que no sabía que estaba siendo grabada… y el brillo de deseo que había en sus ojos era indiscutible.

–Me ha pedido que vaya a Windsong con ella este fin de semana.

–¿A Windsong, la fortaleza escondida de los Forsythe? Vaya, vaya, el asunto va progresando.

Brent rió. Progresando o no, tenía pensado acostarse con Amira esa semana. La quería atada a él de todas las formas posibles. De esa manera, cuando la dejase, Amira sabría lo que había sufrido él ocho años antes.

–Bueno –suspiró Adam cuando Brent ganó la partida–, aunque tu compañía es muy agradable, será mejor que me vaya. Yo también tengo un par de asuntos que solucionar.

–¿Puedo ayudarte en algo?

–No, no hace falta. Es un asunto privado… o al menos, espero que ella sea un asunto privado dentro de poco –sonrió su primo, tomando las llaves del coche–. Gracias por la cena, pero tendremos que encontrar a Draco y hacer que pague la próxima. Es raro que se haya perdido una noche de billar estando en Nueva Zelanda. ¿Crees que tiene algo con la chica de pelo corto que vimos en el funeral?

–¿Quién sabe? Pero si me llama, te lo diré.

–Lo mismo digo.

Después de despedir a Adam en la puerta, Brent volvió al salón de juegos. En el programa de televisión seguían hablando de ellos y, harto, la apagó. ¿No podían hablar de otra cosa más que de la próxima boda de la heredera Forsythe y el Midas de Auckland, como le había dado a los periodistas por llamarlo?

Brent tomó un sorbo de whisky, pero le supo amargo. El Midas de Auckland. Los periodistas ponían motes a todo el mundo, para irritación del interesado, pero les daba igual.

Pero él no tenía el toque de oro del rey Midas. Todo lo que tenía lo había conseguido trabajando mucho. Y lo había hecho solo.

Solo.

Esa palabra pareció hacer eco en su cerebro y en su corazón. Qué diferente habría sido su vida si Amira hubiera estado a su lado. ¿Seguirían juntos?, se preguntó. ¿Tendrían una familia, los pasillos de la casa llenos de risas infantiles?

Brent intentó apartar ese pensamiento de su cabeza. Era absurdo perder el tiempo soñando con algo que ni había pasado ni iba a pasar. Además, él no había hecho su fortuna mirando atrás.

Entonces pensó en su reunión del día siguiente con Amira y Marie y en los asuntos que tenían que discutir. Lo primero, Marie debía encontrar la manera de generar contrapublicidad sobre las conjeturas sobre si Amira aparecería en la iglesia el día de la boda o no. Por su propia satisfacción, Brent quería terminar con esas especulaciones.

Pero no dejaba de pensar en la avaricia de Amira. No tenía sentido cuando iba a heredar una fortuna. Además, nunca antes se había mostrado tan interesada por el dinero. Le resultaba extraño, como si no tuviera nada que ver con la Amira de la que él se había enamorado. Claro que esa chica había sido una mentira, se recordó a sí mismo, tan mentira como sus propias intenciones de seguir adelante con la boda.

Se le ocurrió entonces que cuando no se presentase en la iglesia, Amira lo aprovecharía de alguna forma... vendiendo la historia al mejor postor, seguramente. Era una ironía y tuvo que sonreír mientras apagaba la luz del primer piso para subir a su dormitorio.

El exagerado interés de Amira por conseguir dinero despertaba en él tal alarma que había llamado a un detective privado para que investigase qué había detrás del repentino cambio de fortuna de Amira Forsythe. Siendo su padre el único, y muy amado, hijo de Isobel Forsythe y ella su única nieta, Amira debería recibir toda la herencia. A menos que hubiese algo que ella no le había contado. Y si era así, el detective lo encontraría.

Brent pensó en su elegante actitud durante la gala benéfica de la otra noche, cuando recibió una invitación para formar parte del consejo de administración de la Cámara. Ella había dirigido la velada con una sofisticación y una serenidad que no concordaba con su obsesión económica.

Cuando el Mercedes se detuvo frente al hotel y la vio salir del coche, el corazón de Brent había empezado a dar saltos dentro de su pecho. Le habría gustado olvidarse del salón de baile donde tendría lugar la cena benéfica y llevarla directamente a la suite que había reservado para vestirse. Y, una vez allí, desahogar el deseo que sentía por ella.

Amira seguía excitándolo como ninguna otra mujer. Era una situación que había esperado tener ya resuelta pero, en lugar de eso, parecía tomar fuerza, quemarlo cada día más.

No debería haber aceptado su proposición, se dijo. Había dicho que sí sin reflexionar, demasiado obstinado en vengarse de la única mujer a la que había amado nunca. No se había parado a sopesar el coste físico y mental de esa relación.

Y, en aquel momento, el coste físico lo tenía enfermo. No había habido una sola noche durante esas semanas que no hubiera despertado cubierto de sudor, su cuerpo ardiendo con una fiebre que sólo Amira podía saciar.

Aquella noche no sería diferente, se dijo. Y ése era un mal augurio para los próximos meses, pero lo toleraría si así podía darle una lección. Tenía que demostrarle que no se podía ir por ahí pisoteando a la gente.

A la mañana siguiente llegó un correo electrónico del detective privado. A Brent le sorprendió tener una respuesta tan rápidamente, pero el contenido del correo lo sorprendió aún más. Lo sorprendió y lo preocupó.

Amira Forsythe era, hasta la fecha, la creadora y única benefactora de la fundación Fulfillment. Brent había oído hablar de la fundación y del trabajo de Amira en ella pero pensó que, como con las demás organizaciones, no era más que una portavoz, el rostro que aparecía en televisión o en las revistas para despertar interés por el proyecto, animando a la gente a hacer donativos.

Brent se quedó horrorizado a ver en qué situación económica se encontraba.

¿Dónde estaba el dinero que la familia de Amira solía entregar a causas nobles? Podía recordar al menos diez organizaciones que los Forsythe apoyaban públicamente. ¿Por qué Isobel no había apoyado aquélla?

Según parecía, era idea de Amira.

Brent se sirvió una taza de café y siguió leyendo el informe. Aparentemente, Isobel incluso había hablado con algunos de sus colegas sobre la inviabilidad de tal fundación, un hecho que lo sorprendió aún más. ¿Por qué no había ayudado a su nieta? ¿Estaría tan decidida a controlar todo lo que hacía como para aplastar cualquiera de sus ideas? El hecho de que Amira hubiera seguido adelante incluso sin el apoyo de su abuela decía mucho de ella.

El siguiente párrafo hizo que dejase la taza de café sobre la mesa para lanzar un silbido. Cómo había encontrado el detective esa información, ni lo sabía ni quería saberlo, pero había investigado profundamente la estructura financiera de la familia Forsythe. Desde luego, el tipo se había ganado un extra.

Aparentemente, Amira no tenía fortuna personal, sólo una pequeña pensión anual derivada del seguro de vida de sus padres, más una cantidad extra que le pasaba su abuela para adecuarla con la inflación, un hecho que sus padres no habían tenido en cuenta. Y lo peor de todo era que esa pensión iba directamente a los fondos de la fundación, pero dejaría de hacerlo el día que cumpliese treinta años.

¿Cómo funcionaba esa fundación? Los donativos consistían, hasta el momento, en pequeñas cantidades y sin un patrocinador importante podría tener que cancelar el proyecto. ¿Cómo podía jugar así con la vida de la gente?, se preguntó. Estaba prometiéndoles cosas a esos niños que no podría cumplir.

¿Cómo podía ser tan irresponsable? Él sabía lo que era crecer sin nada y lo difícil que era tener que aceptar ayuda económica para salir adelante.

Sí, le había devuelto a su tío cada céntimo que le había prestado, pero sin ese dinero nunca hubiera tenido la oportunidad de estudiar en Ashurst y conseguir la beca de estudios. Dijeran lo que dijeran, el dinero movía montañas. No tenerlo hacía que la gente fuese vulnerable y la fundación Fulfillment existía precisamente para los más vulnerables de todos.

En los estatutos de la fundación Fulfillment se prometían becas, vacaciones familiares, ayuda para pagar gastos médicos, todo lo que un niño y su familia pudieran desear.

¿No había sufrido esa gente más que suficiente? ¿Amira no sabía lo difícil que era tener que pedir un préstamo o lo que esos niños sufrirían cuando no pudiera cumplir sus promesas?

Amira Forsythe había tenido todo tipo de oportunidades en la vida y, sin embargo, seguía siendo tan frívola con sus promesas a esos niños como lo había sido con su promesa de casarse con él, de amarlo para siempre.

Evidentemente, la fundación no era más que un entretenimiento para ella. Un juego. Y lo ponía enfermo ver cómo había trivializado algo tan importante.

Pero él podía hacer algo por esa fundación. Podía hacer realidad los sueños de esos niños y conseguirles un poco de felicidad cuando antes sólo habían conocido la enfermedad y la miseria. Brent empezó a revisar posibilidades mientras enviaba un correo electrónico al director financiero de su empresa y otro a su abogado dando una serie de instrucciones.

La fundación Fulfillment cumpliría sus objetivos, pero una cosa estaba clara: Amira Forsythe no seguiría al frente de esa fundación para entonces.

***

Amira paseaba por su habitación, nerviosa. Un hijo. Debía tener un hijo con Brent. Angustiada, se llevó una mano al abdomen.

¿Cómo sería traer un hijo al mundo? Una ola de calor se extendió entonces por todo su cuerpo. ¿Y cómo sería volver a estar en los brazos de Brent, en su cama?

Sus pechos se hincharon, las sensibles cumbres rozando el encaje del sujetador, enviando una espiral de deseo por todo su cuerpo.

Al recordar el roce de sus manos, el sabor de su piel, el calor de su pasión, experimentó un anhelo que la hizo gemir en la soledad de su cuarto. ¿Cómo iba a hacerlo?, se preguntó.

Tenía ocho semanas, sólo ocho semanas, para conseguirlo. Una rápida comprobación de su ciclo menstrual, afortunadamente siempre tan regular como un reloj, dejaba claro que el mejor momento para concebir sería el siguiente fin de semana. Si no lo lograba entonces, tendría una oportunidad más... y si no, nada.

¿Tendría la suerte de quedar embarazada de inmediato? Había oído tantas historias de mujeres que estaban años intentando tener un hijo...

La decisión de traer un niño al mundo por cualquier razón que no fuese el amor de los padres iba en contra de todo lo que ella creía, de todo lo que siempre había soñado. Pero la idea de tener a su hijo en brazos, alguien que fuera suyo, sólo suyo, alguien que no la juzgase, que no encontrase faltas en todo, que la quisiera de verdad... la idea era casi abrumadora.

Pero estaba haciéndose tontas ilusiones, pensó entonces. Primero tenía que quedar embarazada. Y para eso tenía que acostarse con Brent y convencerlo para que hiciesen el amor sin protección. Tenía que utilizarlo fríamente para que compartiese su cuerpo con ella...

Necesitaba un plan, pero hacer planes era algo que se le daba bien. Y tenía los medios y la motivación para llevarlo a cabo. Podía hacerlo. Tenía que hacerlo.

Brent jamás la perdonaría, por supuesto. Se pondría furioso, mucho más que el día que lo dejó plantado en el altar. Pero soportaría su furia para cumplir la promesa que le había hecho a los niños.

Todo parecía tan cínico, tan injusto. ¿Por qué su abuela estaría tan en contra de Brent Colby? Desde luego, no había pensado en su felicidad cuando decidió incluir esa cláusula en el testamento. Claro que su felicidad nunca había sido importante para su abuela. Sólo tenía que recordar su infancia...

Había crecido desesperada por lograr el cariño de Isobel, siempre intentando encontrar su aprobación... casi como intentando compensarla por el matrimonio de su padre con una mujer que ella no aprobó nunca. Con su trabajo en las organizaciones benéficas había empezado a pensar que, por fin, estaba consiguiendo su objetivo... hasta que Isobel destrozó sus ilusiones negándose a cooperar con la fundación Fulfillment.

¿Qué la habría hecho tan amargada? ¿Por qué habría querido aplastar todas sus esperanzas? ¿El sentido del deber, o lo que ella creía su sentido del deber, era lo único importante para Isobel Forsythe?

En aquel momento lo era para ella, pensó Amira. Era su deber para con los beneficiarios de la fundación tener un hijo, por muy fría que fuera su concepción.

¿Pero cómo iba a hacer algo así? Después de una infancia como la suya, había hecho la ferviente promesa de que, si algún día se convertía en madre, su hijo sólo conocería el cariño de sus padres como lo había conocido ella durante el tiempo que los tuvo a su lado.

¿Pero cómo no iba a hacerlo? Una vez que heredase y la fundación tuviera los fondos necesarios para subsistir, ella podría vivir tranquilamente gracias al dinero de sus inversiones. Incluso después de darle a Brent el diez por ciento que le había prometido, a su hijo no le faltaría nada.

Nada más que unos padres que se quisieran.

Pero millones de niños en todo el mundo crecían con una sola figura paterna, pensó entonces. Además, no estaba segura de que Brent fuera a rechazarlo. De hecho, dudaba que lo hiciera. Incluso podría terminar llevando el caso a los Juzgados para conseguir la custodia.

Bueno, cruzaría ese puente cuando llegase allí, decidió. Por el momento, lo más importante era quedar embarazada.

Capítulo Nueve

Amira estaba en el muelle el sábado por la mañana, intentando llevar aire a sus pulmones y controlar las mariposas que revoloteaban en su estómago. No podía creer que Brent hubiera aceptado pasar el fin de semana con ella en Windsong.

La casa, en una isla privada, había pertenecido a su familia durante generaciones. Al principio había sido poco más que una cabaña rústica, reemplazada por otra de parecido estilo hasta que Isobel construyó la casa colonial de dos pisos.

Con acceso sólo por aire o por mar, la propiedad estaba muy aislada y los únicos que vivían allí eran los empleados que mantenían la casa y el jardín. Pero no vivían en la residencia, sino en bungaló al otro lado de la isla.

El viento movía las palmeras que había frente a la casa y un viento cálido acariciaba la blusa de muselina blanca que dejaba su ombligo al descubierto. Debajo, una falda de algodón blanco hasta los tobillos que, empujada por el viento, se pegaba a sus piernas como una segunda piel.

Pero las nubes empezaban a esconder el sol que había bañado la isla desde el amanecer. La lluvia, cuando llegase, los obligaría a entrar en la casa.

Un escalofrío de anticipación la recorrió entera cuando la lancha se detuvo frente al muelle. Allí estaba. Todo dependía del éxito de aquel fin de semana. Una noche, pero las posibilidades eran increíbles.

Se había asustado cuando Brent llamó para decir que no podría ir a la isla el viernes porque tenía que resolver un problema urgente, pero allí estaba, por fin.

Podía verlo ahora; el pelo oscuro despeinado por el viento, los ojos ocultos tras unas gafas de sol, su rostro una máscara indescifrable.

De repente, Amira no podía esperar a que él desembarcase para tocarlo, para estar con él.

Pero no debía apresurar nada. De la forma que habían estructurado su relación, el contacto físico había sido muy limitado y sólo cuando había testigos. El beso que le había dado en el hotel un par de semanas antes había sido una muestra pública de afecto para los fotógrafos, nada más.

Amira se puso un sombrero de paja, intentando mostrarse tranquila. Era demasiado importante que todo fuera como debía ir aquel fin de semana. Tenía que seguir su plan: seducirlo, atraerlo, hasta que caer uno en brazos del otro fuese lo más natural del mundo y el abismo que había entre ellos dejase de importar... aunque que sólo fuera aquel fin de semana.

***

Brent sintió una familiar punzada en el corazón al ver a Amira en el muelle, esperándolo. Tenía un aire informal, relajado, con esa falda blanca y el sombrero de paja, como si fuera una persona diferente a la que él había visto durante las últimas semanas.

¿Cuántas caras tendría Amira Forsythe?, se preguntó. Una vez, mucho tiempo atrás, había creído conocerla bien. Lo único que sabía seguro ahora era que no la conocía en absoluto.

Y tampoco confiaba en ella después de descubrir el desastre económico de su fundación.

Su invitación de ir a Windsong aquel fin de semana lo intrigaba, aunque ella había puesto como pretexto finalizar sus planes de boda y la lista de invitados sin interrupciones o distracciones. Allí no había paparazzi, ni columnistas, ninguna ventaja económica aparte del hecho de que pasar un fin de semana juntos fuera lo que solían hacer las parejas normales.

Claro que ellos no eran una pareja normal.

Brent tuvo que sonreír. Estaba seguro de que Amira tramaba algo. Quizá el programa de televisión en el que hablaban de las posibilidades de que alguno de los dos no apareciese en la iglesia el día de la boda la había asustado. Quizá lo había invitado para asegurarse de que él estaría allí. Incluso para convencerse a sí misma de que ella acudiría.

Brent miró entonces las palmeras y la playa frente a la casa. Nunca había estado allí, pero había oído hablar muchas veces de la isla. No podía entender por qué necesitaría nadie una casa de fin de semana con nueve habitaciones y seis cuartos de baño, por no hablar de una biblioteca y un estudio. Pero Isobel Forsythe siempre había sabido cómo causar impresión.

Después de darle las gracias al patrón de la lancha, Brent subió al muelle con la bolsa de viaje en la mano y se dirigió hacia ella.

Inmediatamente, todas las células de su cuerpo se pusieron en alerta y no pudo evitar mirarla de arriba abajo, desde el nudo hecho en la blusa, que dejaba al descubierto su ombligo, a la falda de algodón que el viento pegaba a sus caderas. Instintivamente alargó una mano para tocarla, trazando la curva de su vientre con un dedo...

Apartó la mano enseguida, pero había sentido la respuesta de Amira. Una respuesta que no había podido disimular.

–¿Quieres que entremos? He hecho algo de desayuno... imagino que no habrás comido nada.

–Muy bien.

¿La propia Amira había hecho el desayuno? ¿No tenía empleados en la casa?, se preguntó.

Sus pies descalzos no hacían ruido alguno sobre los tablones de madera del muelle. Sus caderas se balanceaban suavemente de lado a lado con cada paso y Brent sintió un extraño calor bajo el cuello de la camisa. Casi podría creer que estaba intentando seducirlo.

–¿Quieres dejar tu bolsa de viaje en la habitación? –le preguntó Amira mientras entraban en el vestíbulo.

–Sí, gracias.

Su simpatía lo tenía desconcertado. Se había acostumbrado a cierta frialdad, a cierta distancia en el trato. A «la princesa de hielo», como la llamaban los periodistas. Una mujer fría y avariciosa.

La habitación que le mostró en el piso de arriba era enorme, la cama con un edredón de color café a juego con las paredes y en contraste con la alfombra en tonos beis. Al otro lado de la cama, un balcón desde el que se veía el mar.

–Bonita habitación.

–Es el dormitorio principal. He pensado que estarías cómodo aquí.

–¿Tú no duermes en la habitación principal?

–No, la mía está al otro lado del pasillo –contestó Amira, inclinándose un poco para quitar una inexistente arruga del edredón.

Brent no había estado seguro de que no llevase sujetador bajo la blusa, pero ahora lo estaba. Dolorosamente seguro. Y cuando se inclinó un poco más pudo ver incluso el inicio de un rosado pezón… y se puso duro como una piedra.

Nervioso, dejó la bolsa de viaje sobre un arcón a los pies de la cama para sacar la bolsa de aseo. Decidido a poner espacio entre los dos, entró en el cuarto de baño y empezó a colocar sus cosas sobre la encimera de mármol.

Pasar allí el fin de semana era parte de su plan. Cuando destruyera sus esperanzas de matrimonio quería que Amira sufriese de verdad. Y no sólo económicamente.

Aunque intentaba fingir frialdad, él había notado que bajo esa fachada no era tan fría como pretendía. Y seguía siendo una mujer increíblemente atractiva. Un hecho que su libido había notado desde el primer día, naturalmente. Aquel deseo por ella se había convertido en una obsesión y dar un paso adelante no le sería nada difícil.

Un ruido a su espalda hizo que levantase la cabeza. La vio por el espejo, en la puerta, la luz del sol que entraba por los ventanales de la habitación haciendo que su blusa fuera casi transparente.

Brent tuvo que agarrarse al lavabo. Era preciosa. Una pena que la suya fuera sólo una belleza superficial. Pero saber eso hacía más fácil hacer lo que tenía que hacer.

Las mujeres como Amira tenían que aprender que con el dinero llegaban los privilegios y, con ellos, la responsabilidad hacia aquellos menos afortunados.

–Si has olvidado algo, seguro que hay productos de aseo en el armario.

Brent la observó jugando con el nudo de la blusa, una clara señal de que estaba nerviosa.

–Muchas gracias.

–Voy a hacer un café. La cocina está a la izquierda, al final de la escalera.

Brent colgó en el armario la ropa que había llevado para el fin de semana. Y no tardó mucho en hacerlo; después de todo, no había ido allí para un desfile de modelos.

En realidad, ¿por qué estaban allí?

Amira parecía nerviosa, incómoda. Y Brent estaba seguro de que no sólo quería hablar de la boda y los invitados.

Encontró la cocina enseguida. Sólo tuvo que seguir el aroma a café y a gofres.

–No sabía cómo te gustaban los gofres –sonrió ella al verlo–, así que los he hecho con nata, con fruta fresca y con caramelo.

Había suficiente comida como para un regimiento y, mientras llenaba su plato, Brent no pudo dejar de pensar que ella le estaba compensando por algo. La cuestión era, ¿por qué?

–¿Qué tenías planeado para hoy? ¿Empezamos con la lista de invitados?

–Tenemos tiempo para hacer eso más tarde. Hay una moto de agua en el cobertizo y, mientras haga buen tiempo, podría llevarte a dar una vuelta por la isla.

–Suena bien –dijo él.

De modo que estaba dejando a un lado los planes de boda. Qué interesante, considerando que ésa era la razón por la que, supuestamente, estaban allí.

Después de desayunar, Amira se puso un biquini y un pantalón corto, él el bañador y una camiseta. No podía dejar de mirar aquel estómago bronceado, la curva de la cintura y las caderas... era demasiado fácil imaginarla sin llevar absolutamente nada.

Mientras subían a la moto de agua, Amira se volvió para mirarlo.

–Deberías acercarte un poco más. Y ponme las manos en la cintura. A veces, en el canal, la moto da muchos saltos.

En otras circunstancias Brent no se habría resistido, pero la sola idea de acercarse más a su trasero, de tocar esa piel que lo tenía casi erecto del todo…

Agarrarse a su cintura era la única opción cuando Amira puso la moto en marcha, pero no pensaba acercarse ni un centímetro más. No quería que ella notase su estado. Quería volverla loca, no al revés.

Amira era una guía excelente, señalando edificios históricos y casas de personas muy conocidas alrededor de la costa. Cuando volvieron a la isla, Brent había empezado a relajarse.

Pero entonces, de repente, cuando iban hacia el cobertizo la moto hizo un extraño movimiento y acabó cayendo al agua. Amira soltó una carcajada cuando sacó la cabeza del agua.

–Lo has hecho a propósito. Me las pagarás, bruja –le advirtió, con una sonrisa en los labios.

Lo había pillado por sorpresa, pero no volvería a salirse con la suya. Brent agarró su pie antes de que pudiera apartarse y, de repente, allí estaba, en sus brazos, sus pechos apretados contra su torso. La presión arterial de Brent se puso por las nubes de inmediato y su respiración se aceleró.

Amira había dejado de reír, el brillo de burla en sus ojos reemplazado por otra emoción. Algo elemental, voluptuoso.

Pero enseguida se dio la vuelta para subir a la moto.

–Voy a… guardarla en el cobertizo de los botes. ¿Quieres salir o prefieres quedarte en el agua un rato más?

Había subido los brazos para escurrir su melena y el movimiento levantó un poco el biquini, dejando al descubierto la parte inferior de sus pechos.

Ésa fue la gota que colmó el vaso. Brent se quitó la camiseta, hizo una bola con ella y la tiró al muelle.

–Llévatela dentro, por favor. Creo que voy a nadar un rato… para bajar el desayuno.

Y también para intentar controlar el deseo que empezaba a ser incontrolable.

No podía dejar de mirarla mientras llevaba la moto al cobertizo, su pelo moviéndose al viento…

«Nada», se dijo a sí mismo. «Nada hasta que te canses».

A pesar de estar a principios de abril la temperatura del agua era muy agradable y Brent nadó mar adentro con poderosas brazadas hasta que por fin, más despacio, se dirigió hacia la playa donde lo esperaba Amira.

Mientras salía del agua, la vio reír.

–Se supone que estás aquí para relajarte, no para acabar hecho polvo.

Amira empezó a secarlo con una toalla y, mientras pasaba el algodón por sus brazos, Brent tuvo que hacer un esfuerzo para no besarla. Sus tetillas se contrajeron cuando pasó la tela por su torso, bajando hasta su cintura, su abdomen…

–Gracias –dijo Brent, quitándole la toalla y girándose un poco para que no pudiera ver lo que le estaba haciendo.

–De nada.

Sabía que estaba riéndose de él pero, aparte del humor, había algo más. Brent la miró de soslayo... oh, sí, también ella estaba excitada. Sus pezones se marcaban bajo la tela blanca del biquini.

¿Qué estaba pasando allí? Había sido tan remota, tan fría, durante las últimas semanas y ahora, de repente, parecía encenderse con sólo mirarlo.

¿O sería aquello parte de su agenda secreta? ¿Habría planeado seducirlo para asegurarse de que habría boda? ¿Ese programa de televisión la habría asustado tanto que estaba dispuesta a acostarse con él para tenerlo enganchado?

Su más que deseosa carne le recordó cómo sus caricias solían encenderlo. Si su intención era seducirlo, él no tenía la menor intención de impedirlo. Oh, no. Al contrario, le gustaría que dejase claras sus intenciones para así poder librarse de la zozobra que sentía desde el día que lo buscó en el lavabo del salón de actos de Ashurst.

Amira lo observó mientras terminaba de secarse y luego tiraba la toalla en la arena para tumbarse boca abajo.

¿Se habría pasado secándolo así? No quería asustarlo.

Entonces tuvo que sonreír. ¿Asustar a Brent Colby? Eso era imposible. Aunque debía tener cuidado. Su objetivo era seducirlo, no hacer que sospechase de sus motivos.

Suspirando, se dejó caer en una tumbona. ¿Quién habría pensado que aquello iba a ser tan difícil? Brent y ella no eran extraños y las últimas semanas habían demostrado que, a pesar de todo, podían llevarse bien. Al menos, de cara a los demás.

–Es la tercera vez que suspiras en los últimos minutos. ¿Qué te pasa? –la voz de Brent interrumpió sus pensamientos.

–Supongo que relajarme es más difícil de lo que esperaba.

–A lo mejor es que te esfuerzas demasiado –dijo él, sentándose sobre la toalla–. Deberíamos volver a la casa y terminar con los planes de la boda. A lo mejor así puedes relajarte.

–Sí, creo que tienes razón.

Cuando estaba levantándose de la tumbona, una gota de lluvia cayó sobre su nariz.

–Me temo que está empezando a llover.

–Pues será mejor que nos demos prisa –dijo Brent, levantándose de un salto.

Apenas lo había dicho cuando las nubes descargaron un torrente de agua sobre ellos, empapándolos de inmediato.

Brent tomó su mano y tiró de ella hacia la casa pero, pillada de improviso, Amira tropezó, cayendo sobre la arena y llevando a Brent con ella.

–¡Qué horror, estamos llenos de arena! Tendremos que entrar por la parte de atrás –rió Amira, levantándose a duras penas–. Hay una ducha al lado de la piscina. Podemos quitarnos allí la arena antes de entrar.

–¿Y las toallas?

–Están empapadas, no creo que puedan mojarse más. Ya vendremos a buscarlas más tarde.

Fueron corriendo hasta el jardín y Amira señaló el lado derecho de la casa.

–Por ahí –le dijo, señalando un pabellón de madera–. Dúchate tu primero, yo voy a buscar unas toallas.

–Muy bien.

Pero cuando volvió con las toallas estuvo a punto de salir corriendo.

Brent estaba bajo la ducha, las manos apoyadas en la pared de azulejos frente a él, los anchos hombros y la espalda desnudos, el bañador mojado pegándose a la curva de sus nalgas.

Amira deseó tener valor para alargar la mano y tocar las gotas de agua que se perdían bajo la cinturilla del bañador...

–He traído las toallas.

–¿Quieres ducharte conmigo?

Ella tragó saliva. ¿Quería hacerlo? Oh, sí, más que nada en el mundo. ¿Pero no sería ir demasiado aprisa?

Antes de que pudiera pensarlo más, Brent le ofreció su mano y Amira se metió bajo la ducha, dejando que el agua mojase su pelo y su cara. Brent llenó sus manos con el jabón líquido del dispensador y empezó a enjabonar su espalda y sus hombros.

Ella cerró los ojos, pero los abrió de golpe al notar que Brent estaba desabrochando el lazo del biquini.

–¿Qué haces?

–Imagino que se te habrá metido arena bajo la tela. Y supongo que querrás estar cómoda cuando te seques, ¿no?

Amira se quedó sin palabras cuando Brent siguió deshaciendo tranquilamente el nudo... y el sujetador del biquini cayó a sus pies.

Capítulo Diez

–Amira, date la vuelta.

Hablaba en voz baja, ronca y, sin pensar, Amira se volvió para mirarlo... y se quedó sin aliento al ver su expresión.

–Siempre has sido tan hermosa –dijo Brent, alargando una mano para trazar una de sus aureolas con el dedo.

Una ola de deseo insoportable la envolvió entonces.

–¿Brent?

El gemido que escapó de su garganta al pronunciar su nombre era a la vez una súplica y una pregunta. Como respuesta, él inclinó su oscura cabeza y tomó un pezón entre los labios. Mientras pasaba la lengua sobre la endurecida cumbre, a Amira le temblaron las piernas. Pero Brent la sujetó con sus sólidos brazos, apretándola contra esa parte de su cuerpo que no dejaba duda alguna sobre cuánto la deseaba en ese momento.

Y ella lo deseaba también... era tan maravilloso estar entre sus brazos otra vez, sentir el poder de sus músculos bajo los dedos. Era como si no se hubieran separado nunca; su cuerpo pidiendo sus caricias, su boca deseando saborear la de Brent.

Tenía que tocarlo, sentirlo. Amira deslizó los dedos bajo la cinturilla del bañador para acariciar la dura muestra de su pasión por ella. Y Brent tembló, un gemido ronco escapando de su garganta.

Luego se apartó ligeramente para mirarla a los ojos.

–¿Estás segura de que quieres hacerlo?

–Sí…

–Antes de que contestes –la interrumpió él–, quiero que estés absolutamente segura porque, si dices que sí, no podré parar.

Un escalofrío de emoción recorrió su espalda. ¿Parar? Oh, no, ella no quería que parase.

–Sí –repitió Amira, pasando la punta de la lengua por sus labios–. Te deseo, Brent. Y no quiero que pares.

Su respuesta lo hizo temblar y tomó sus labios en un beso fiero, apasionado. La apretó contra la pared de la ducha y, con toda rapidez, deshizo los lazos de la braguita del biquini y abrió sus piernas ligeramente para que la mojada prenda cayese al suelo, dejándola expuesta para él.

Sus dedos bailaron sobre el triángulo de rizos, suave, tiernamente. Tanto que Amira quería gritar que la hiciese suya, que no podía esperar. Pero entonces Brent metió una mano entre sus piernas y el placer hizo que dejase escapar un gemido.

–¿Cuánto tiempo? ¿Cuánto tiempo ha pasado desde la última vez que sentiste esto? –murmuró Brent, abriendo su entrada con los dedos.

–Una eternidad –Amira apenas podía hablar,

pero consiguió que esa frase sonase más o menos inteligible.

No había estado con otro hombre desde que se acostó con Brent la semana anterior a esa boda que nunca tuvo lugar. Y sabía que ningún otro hombre podría estar a su altura. El roce de su mano la dejaba sin fuerzas y se le doblaban las rodillas mientras él introducía un dedo en su cueva...

No quería pensar. Sólo quería sentir. Y sintió cuando él sacó el dedo para deslizarlo hacia arriba, hacia el capullo escondido entre los rizos que suplicaba sus caricias... antes de volver a introducirlo en ella. Siempre había sabido cómo darle placer. Exactamente cómo enviarla a un sitio donde lo único que importaba era eso.

–Te quiero dentro de mí –musitó, apretándose contra su mano.

Estaba tan cerca... pero quería que estuviese dentro de ella cuando llegase al final. De alguna forma, consiguió bajar su bañador y él mismo lo apartó luego de una patada.

Amira enredó una pierna en su cintura. Podía sentir el calor de su miembro rozándola, la dureza de la punta mientras se colocaba en su entrada...

Pero entonces Brent vaciló.

–No tengo preservativo.

–No pasa nada –dijo ella, mientras rezaba en silencio para pedir perdón por esa mentira.

Brent estaba dentro de ella, llenándola gloriosamente, empujando cada vez más fuerte hasta que sus músculos interiores se contrajeron, hasta que rozó esa zona especial que la hacía perder la cabeza. Sintió que empujaba una vez más, dos... y luego lo oyó gemir roncamente mientras se dejaba caer sobre ella, saciado y exhausto.

El último sol de la tarde intentaba abrirse paso entre las nubes cuando Amira despertó, con Brent dormido a su lado.

Ella sonrió para sí misma. Después de la primera vez en la ducha habían logrado llegar a la habitación... una tarea asombrosa considerando que apenas podía caminar. Pero esa vez en la ducha había sido la primera de muchas otras veces mientras se redescubrían el uno al otro, en ocasiones con casi dolorosa lentitud, a veces rápida y desesperadamente.

Su corazón se hinchaba de gozo mientras grababa cada una de sus facciones en la memoria... sus labios tan sensuales, cómo el flequillo rebelde caía sobre su frente, la mandíbula cuadrada.

Amira se llevó una mano al abdomen. ¿Lo habrían conseguido? ¿Habrían empezado el milagroso proceso de concebir un hijo? Eso esperaba porque cuando le dijera que no podían casarse... no quería ni pensar en su reacción. Aunque seguramente no querría volver a mirarla a la cara, siempre conservaría con ella una parte de Brent.

Amira miró el reloj...

¡Las cinco de la tarde! Era lógico que hubiese despertado, estaba hambrienta. Sonriendo, saltó de la cama y caminó desnuda por la habitación para sacar una bata del armario.

–¿Qué haces? –Brent levantó la cabeza de la almohada.

–Ponerme algo encima. Voy a preparar algo de comer.

–No.

–¿No quieres comer?

–No quiero que te pongas nada.

Brent saltó de la cama y en dos zancadas estaba a su lado, inclinándose para besarla, apretando su cintura con manos posesivas.

–Yo te ayudaré.

–¿Ayudarme? Distraerme querrás decir.

Riendo, Amira salió de la habitación y corrió escaleras abajo, con Brent tras ella. Pero él la atrapó en la cocina, contra la encimera de mármol. Amira podía sentir su erección rozando sus nalgas y, sin pensar, empezó a frotarse contra él.

–¿Distraerte dices? –murmuró Brent, besando su cuello.

No pudo evitar que la abrazase, ni pudo evitar que separase sus piernas suavemente para introducirse en ella. Amira se agarró a la encimera e intentó contener un suspiro de placer.

¿Cómo podía no haberse vuelto loca añorándolo como lo había añorado durante esos ocho años? Aquel insaciable deseo de estar juntos, de estar conectados de alguna forma...

Cuando Brent acarició sus pechos con una mano mientras con la otra sujetaba sus caderas tuvo que reconocer que nunca había dejado de amarlo. Y que seguramente sería así para siempre.

Una ola de calor se extendió por todo su cuerpo, desde el cuello al vientre, mientras se movía adelante y atrás siguiendo su ritmo... hasta que Brent dejó escapar un gemido ronco, derramándose en su interior, desatando en ella un orgasmo que se llevó sus cinco sentidos, sus emociones.

Agotada, Amira se inclinó hacia delante, apoyando la cabeza en la encimera. Nunca podría volver a entrar en aquella cocina sin pensar en Brent, sin recordar aquel momento.

Él le dio la vuelta entonces, acariciando su cara mientras intentaba controlar los locos latidos de su corazón. La deseaba como no deseaba a ninguna otra mujer, pero debía mantener el control, se decía, recordar lo que Amira le había hecho.

Y recordar con qué frivolidad había puesto los objetivos de su fundación en peligro.

–¿Estás bien?

–Sí, sí... ¿y tú? ¿Tienes hambre?

Brent la besó en los labios.

–Siempre... pero comer algo podría ser buena idea –bromeó.

–Hay vino blanco en la nevera y las copas están en ese armario. Tú encárgate de eso, yo llevaré arriba la bandeja cuando haya terminado. Había pensado hacer un tentempié hasta la hora de la cena.

–Muy bien –Brent sacó la botella de vino y las copas.

Un tentempié sonaba bien porque eso significaba que podría haber algo más antes de la cena, pensó, sonriendo para sí mismo.

El domingo, cuando llegó la lancha para llevarlos de vuelta a Auckland, por fin habían conseguido terminar con la lista de invitados y las demás minucias que para Amira eran tan importantes.

Más de una vez Brent había tenido que controlar la sensación de que estaban abocados al desastre. Pero era su obligación, se decía. De una manera o de otra, iba a hacer que ocurriese, y haciéndolo evitaría que Amira destrozase la vida de otras personas.

Sin embargo, cuando llegaron al puerto le sorprendió ver que ella se dirigía hacia su coche.

–¿No quieres ir a mi casa?

–No, lo siento, esta noche no puedo –contestó Amira, sin mirarlo–. Mañana tengo que levantarme muy temprano.

–Sí, yo también –dijo él. Pero tenía la sensación de que le escondía algo y lo irritaba no saber qué era–. Mira, ahí están los fotógrafos. Vamos a darles algo que publicar.

Después de decir eso tomó a Amira por la cintura y, cuando ella abrió los labios para recibir el beso, todas sus reticencias desaparecieron. No se cansaba de ella, del terciopelo de su boca. Cuando se apartó, su presión arterial había aumentado de manera alarmante y respiraba con dificultad.

–Si no tuviese que irme a Sidney a primera hora, terminaría la promesa de ese beso –le dijo con voz ronca.

–Entonces esperaremos hasta que vuelvas –sonrió Amira, dándole un beso en la mejilla antes de subir al coche.

Brent se quedó en el aparcamiento hasta que el BMW desapareció. Su vuelta a casa no iba a ser lo que Amira esperaba, pensó con cierta tristeza, mientras le daba la bolsa de viaje a su chófer.

Capítulo Once

El indicador de la prueba de embarazo que había comprado esa mañana cambió de color. Y el corazón de Amira latía como loco mientras lo dejaba al lado de los otros tres.

Los tres habían dado positivo.

Estaba embarazada. Iba a tener un hijo de Brent.

Con lágrimas en los ojos, Amira puso una mano sobre su abdomen como si ya pudiera sentir lo que estaba ocurriendo dentro de ella. No había creído que pudiera ser tan fácil, que el tiempo que habían pasado juntos en la isla de Windsong pudiera dar un resultado tan rápido. Pero durante aquel pecaminoso y hedonista fin de semana había conseguido su objetivo.

Aunque no podía creerlo. No había querido creerlo cuando tuvo la primera falta después del fin de semana. Sólo ahora, después de la segunda falta, había empezado a soñar con que fuera verdad.

En el último mes, Brent y ella habían pasado mucho tiempo juntos, forjando lo que ella creía era una nueva relación. Una relación agridulce porque sabía que no duraría mucho, a pesar de sus deseos. Cenaban juntos la mayoría de las noches y dormían juntos muchas de ellas porque se encontraban a gusto el uno con el otro.

Y ahora tenía que destrozar todo eso y decirle que no podía casarse con él en dos semanas.

Un sollozo escapó de su garganta. Debería sentirse feliz, se dijo a sí misma. En algún momento a finales del mes de diciembre sería madre, antes de cumplir los treinta años como pedía el testamento de Isobel. Sus sueños para la fundación Fulfillment se habrían hecho realidad y nadie podría evitarlo.

Aun así, sentía como si una garra de hierro apretase su corazón. ¿De dónde iba a sacar valor para decirle a Brent que no habría boda? Sólo quedaban dos semanas. ¿Y si tenía que dejarlo plantado en la iglesia otra vez? No, no podía hacer eso, sería demasiado horrible. Tenía que hablar con él cuanto antes.

Poco a poco, las lágrimas dejaron de rodar por su rostro y una sensación de calma la envolvió. Lo primero era lo primero, se dijo. Tenía que conseguir la confirmación de un ginecólogo, de modo que se levantó y tiró las pruebas de embarazo a la papelera. No sería fácil conseguir una cita con un ginecólogo sin que lo supiera la prensa y empezasen a correr rumores...

Amira se miró al espejo y levantó la barbilla. No era una Forsythe por nada, pensó. Movería los hilos que tuviese que mover para que nadie se enterase... aunque para ello el ginecólogo tuviese que ir a examinarla a domicilio.

***

Amira estaba frente a una mesa en el restaurante Okahu Bay, en el puerto de Auckland. Era un día perfecto; una ligera brisa movía las olas, donde media docena de yates intentaban aprovechar el viento para navegar por la bahía. En la playa, un grupo de chicos aprendía a navegar en kayak. En la distancia, los rascacielos parecían perforar el intenso azul del cielo.

Amira suspiró. Un día perfecto para hacer lo más imperfecto que había tenido que hacer en toda su vida. Aquel día iba a decirle a Brent que debían cancelar la boda, cara a cara. Nada de mensajes de texto esta vez. Había elegido a propósito aquel sitio porque sabía que Brent no montaría una escena en un sitio público. Tampoco la montaría en ningún otro sitio, claro, pero necesitaba tener gente alrededor para que, al menos, el encuentro fuese más o menos civilizado.

De repente, sintió que se le erizaba el vello de la nuca... él estaba allí. Inmaculado con un traje de chaqueta hecho a medida y una camisa de color turquesa con rayas blancas y negras que sólo podía ser italiana. No podía ver sus ojos porque llevaba gafas de sol, pero parecía contento de verla porque sus labios se abrieron en una sonrisa mientras se inclinaba para besarla.

Un beso breve, pero que ella intentó guardar para siempre en su memoria porque sería la última vez, el último beso. Pensó luego en la vida que crecía dentro de ella…

Al menos tendría eso, se dijo a sí misma.

–¿Ya sabes lo que vas a pedir? –preguntó Brent, tomando la carta de vinos.

–No, aún no. Estaba esperándote.

–Yo voy a tomar una tabla de pescados. ¿Por qué no tomas las vieiras? Me han dicho que están riquísimas.

Cuando el camarero se acercó, Brent pidió una botella del Pinot Gris que últimamente se había convertido en su vino favorito.

–No, yo no quiero vino, gracias –dijo Amira–. Hoy prefiero tomar agua mineral.

–¿Seguro?

–Sí, seguro.

–Bueno, en ese caso, tráigame una copa por el momento –después, Brent volvió a mirar a Amira–. ¿Te encuentras bien? No tienes buena cara.

–Estoy bien, un poco cansada nada más –contestó ella, tragando saliva.

Estuvieron charlando hasta que llegaron los platos, pero Amira apenas pudo saborear las vieiras, servidas con una salsa de limón y crema de coco. En lugar de eso, las empujó de un lado a otro del plato… y estuvo a punto de dar un salto cuando Brent apretó su mano.

–¿Qué te ocurre?

Las palabras que tenía que decirle, aunque ensayadas cientos de veces, se le atragantaban. Y tenía los ojos empañados cuando levantó la mirada para encontrase con la de Brent. No había manera de evitarlo. Tenía que decírselo.

–Tenemos que cancelar la boda. No puedo hacerlo.

Ya estaba, lo había dicho. Después, tomó un sorbo de agua para aclararse la garganta, sorprendida al ver que no le temblaban las manos.

–¿Qué has dicho? –la voz de Brent era fría como el hielo, pero las manchas de color que aparecieron en sus mejillas dejaban bien claro lo furioso que estaba.

–Le he pedido a Marie que prepare un comunicado de prensa para decir que, por mutuo acuerdo, no habrá boda.

Brent no podía creer lo que estaba oyendo.

–¿Has hablado de esto con Marie antes de hacerlo conmigo?

–No tenía más remedio.

–No tenías más remedio –repitió él, incrédulo–. ¿Y se puede saber por qué tenemos que cancelar la boda? ¿Te han hecho una oferta mejor que la mía, quizá?

–Tu situación económica no tiene nada que ver con esto. Mira, ¿podemos portarnos de manera civilizada…?

–¿Civilizada? ¿Quieres que sea civilizado? ¿Por qué no me cuentas qué está pasando, Amira? ¿Lo de anoche no fue suficiente para ti? –Brent se inclinó hacia delante, bajando la voz–. ¿No te derretiste entre mis brazos mientras hacíamos el amor?

Amira se puso colorada hasta la raíz del pelo.

–Pensé que podría hacerlo, pero no puedo... todo ha terminado. Por favor, no me lo pongas más difícil.

Luego se quitó el anillo de compromiso y lo dejó sobre la mesa.

–Más difícil para ti... menuda broma. ¿Y qué pasa con el dinero que me debes? Hemos firmado un acuerdo, Amira. Si no lo cumples, te demandaré... ¿y no sería ésa una publicidad interesante?

–Yo soy una mujer de palabra.

–¿Ah, sí, eres una mujer de palabra? ¿Y entonces como le llamas a esto?

Amira se levantó, dejando caer la servilleta sobre la mesa antes de tomar el bolso. Si antes le había parecido que estaba pálida, ahora estaba lívida. Brent sintió una punzada de compasión, pero intentó aplastarla. Pronto descubriría que no podía saltarse ese acuerdo, que tendría que cumplir su palabra.

–Tendrás ese dinero, te lo garantizo.

Después de decir eso se dio la vuelta y se dirigió a las escaleras que llevaban a la calle. Desde su posición en la terraza, Brent la observó acercarse al BMW y arrancar sin la menor señal de angustia. ¿Lo habría planeado desde el principio? Si era así, la había subestimado.

Entonces recordó sus últimas palabras: «Tendrás ese dinero, te lo garantizo».

¿Cómo iba a hacerlo? Sabía que no tenía fortuna propia, ninguna cuenta escondida en algún paraíso fiscal con la que pudiera entregarle los millones de dólares que le correspondían según el acuerdo. No estaba en posición de garantizar nada.

Entonces, ¿qué demonios estaba tramando?

Amira condujo hacia el centro de la ciudad, apretando el volante con fuerza. Lo había hecho. Se lo había dicho a Brent y luego se había marchado. Debería sentirse aliviada, pero lo único que quería era llorar hasta que no le quedasen lágrimas.

Por segunda vez en su vida había rechazado al hombre del que estaba locamente enamorada. Y, de nuevo, debido al control que su abuela ejercía sobre su vida.

–No tendrás más control sobre mí –murmuró para sí misma–. Ésta es la última vez que me obligas a hacer algo –juró, con un nudo de emoción en la garganta.

Entró en el garaje del bufete de Gerald Stein y, después de aparcar, se quedó sentada en el coche durante un rato, intentando respirar con normalidad.

No sabía cómo había llegado hasta allí y eso la asustaba. No podía volver a hacerlo, pensó. Ahora tenía que pensar en otra persona...

Mientras subía en el ascensor se miró al espejo y comprobó que tenía el mismo aspecto que cuando salió de casa por la mañana. Tan serena y elegante como si su corazón y sus sueños no acabaran de ser pisoteados para siempre. Al menos debía darle las gracias a Isobel por eso, pensó, irónica.

Una secretaria la acompañó al despacho de Gerald y el abogado se levantó para recibirla, poniendo las manos sobre sus hombros.

–¿Cómo estás?

Ella no podía decirle que estaba destrozada. ¿Para qué?

–He roto mi compromiso con Brent Colby –Amira metió la mano en el bolso para sacar un documento –y creo que esto confirma que he respetado las condiciones del testamento de mi abuela.

Sentada en una silla frente al escritorio, esperó mientras Gerald leía el documento firmado por un ginecólogo.

–¿Estás embarazada?

–Sí.

–No me lo puedo creer.

–Las condiciones del testamento de mi abuela eran muy claras, ¿no? O me caso antes de los treinta años o tengo un hijo. No estoy dispuesta a casarme con cualquiera sólo para heredar lo que es mío y tampoco voy a dejar que la fortuna de mi abuela pase a manos de Roland. Los dos sabemos que se gastaría el dinero en casinos y en juergas... ¿y qué pasaría entonces con las asociaciones benéficas a las que apoyaba Isobel?

Por no hablar de la fundación Fulfillment, pensó.

–Pero tener un hijo así, de repente...

–Al menos ahora no estoy atada a nadie a quien

no amo y puedo seguir con el trabajo benéfico de mi abuela. Eso es lo que ella quería, ¿no?

–Bueno, sí, claro... pero criar un hijo sola no será tarea fácil. ¿Estás segura de que estás haciendo lo que debes? ¿Y el padre? ¿Quién es?

–El padre del niño no tiene importancia –contestó ella, sintiendo una punzada en el pecho. ¿No tenía importancia? Lo era todo, pero Gerald no podía saberlo–. Además, mi abuela no me dejó otra alternativa –Amira sacó un nuevo documento del bolso–. Como estoy embarazada, tengo derecho a la herencia y quiero que ingreses esta cantidad en la cuenta corriente de Brent Colby.

–¿Qué? No puedes hablar en serio –exclamó el abogado–. Es una cantidad de dinero enorme. Además, Colby no lo necesita para nada.

–Lo necesite o no, es la cantidad de dinero que acordamos cuando nos prometimos y tengo la obligación de cumplir mi promesa –Amira intentó ignorar el dolor que sentía en el corazón. Cuánto le gustaría que todo fuese diferente.

–No me digas que has firmado ese acuerdo sin contar con un asesor legal.

–Leí el documento de arriba abajo, no te preocupes.

–Pero Amira...

–Yo estaba encantada de casarme con Brent cuando tú me contaste lo de esa otra cláusula en el testamento. De haberlo sabido desde el principio, jamás me hubiese comprometido con él otra vez.

–Pero este acuerdo no dice que no tengas que entregarle el dinero si la boda no se lleva a cabo –Gerald lo leyó en voz alta, con aspecto de estar a punto de sufrir una apoplejía–. «Amira Camille Forsythe pagará a Brent Colby una suma de dinero no menor al diez por ciento de la suma total que herede con ocasión de su matrimonio...».

–No te entiendo.

–Está redactado de tal forma que habría dado igual que Colby se casara contigo o no. Podrías haberte casado con otro hombre y, en cualquier caso, habrías tenido que darle ese dinero.

De repente, Amira entendió la verdad: Brent le había tendido una trampa. No tenía intención de casarse con ella...

Entonces tomó una decisión. Fueran cuales fueran los motivos de Brent, tampoco los suyos habían sido honestos. Había prometido pagarle y ahora podía hacerlo, eso era lo único importante.

–Gerald, eres mi abogado. El fideicomiso de mi abuela te paga para que sigas mis instrucciones a menos que no cumpla con las condiciones del testamento, ¿no es así?

–Sí, claro. Pero soy algo más que tu abogado y tú lo sabes.

–Sí, sí, lo sé –asintió ella–. Pero en este caso quiero que dejemos las emociones a un lado. Y quiero que Brent reciba ese dinero lo antes posible. Imagino que habrá que pedir un préstamo poniendo mi herencia como aval y eso es lo que quiero que hagas.

–¿Hablas en serio?

–Completamente.

–Si ésa es tu última palabra sobre el asunto…

–Es mi última palabra. Siento tener que ser tan dura, Gerald, pero no tengo más remedio.

Nunca había podido elegir, con su abuela viva o con ella muerta. Pero, pensó, mientras se llevaba una mano al abdomen, todo cambiaría por completo con la llegada de esa nueva vida, de esa nueva esperanza de futuro.

Capítulo Doce

–¿Cuánto dinero dices que han depositado? –Brent hizo un esfuerzo para no gritar mientras hablaba con su director financiero.

El hombre repitió la suma y Brent colgó después de darle las gracias.

¿De dónde habría sacado Amira ese dinero en apenas quince días? Al día siguiente debería haber sido el día de su boda, el día que había estado esperando para dar el golpe de gracia a su relación. El día en el que, por fin, se vengaría de Amira Forsythe.

Pero ella lo había evitado y ahora, por lo visto, también se había cargado su intento de dejarla en la ruina.

Allí ocurría algo muy extraño, pensó.

Brent se levantó para acercarse a la ventana del estudio. Debería estar sin dinero, frenética, no depositando tranquilamente millones de dólares en su cuenta corriente.

Tenía que haber algo en el testamento de su abuela que no le había contado. Alguna otra cláusula por la que había podido acceder a los fondos que tan desesperadamente necesitaba. ¿Pero qué tipo de cláusula?

Brent volvió a su escritorio y marcó un número de teléfono antes de activar el altavoz. Cuando respondió su investigador, no perdió el tiempo y fue directamente al grano:

–Necesito una copia del testamento de Isobel Forsythe. ¿Cree que puede conseguirla?

–Es muy sencillo. Sólo hace falta una carta de solicitud al Tribunal Supremo y el pequeño pago de una póliza.

–¿Entonces a qué está esperando?

–Yo puedo enviar la carta, señor Colby, pero no la tendrá enseguida.

–No le pago para que me haga esperar.

–Muy bien. ¿Cuándo la quiere?

–Ahora mismo, si es posible –contestó Brent, antes de cortar la comunicación.

Luego puso las manos en su nuca, intentando aliviar la tensión que sentía en las cervicales. ¿A qué estaba jugando Amira?

Unas horas después recibía un correo electrónico con una copia fotocopiada del testamento de Isobel Forsythe.

Brent leyó a toda prisa la parte en la que legaba cierta cantidad de dinero a sus leales empleados, a las organizaciones benéficas… y enseguida llegó a la parte que le interesaba.

Y se quedó lívido al leer la cláusula en la que decía que Amira no recibiría ni un céntimo si se casaba con él.

Desde luego, Isobel y él nunca se habían llevado precisamente bien… ¿pero aquello? Aquello era una prueba de que Isobel Forsythe no era más que una manipuladora sin escrúpulos. ¿Cómo se atrevía a jugar con la vida de Amira y con su felicidad de esa manera?

Ahora entendía por qué no había aparecido en la iglesia el día de su boda y por qué había vuelto a cancelar el compromiso. No quería sentir compasión por ella, pero la influencia de su abuela era aberrante.

Siempre había creído que Isobel tenía a su nieta como una marioneta, siempre dispuesta a hacer lo que ella quisiera, y aquélla era la prueba de que no estaba equivocado.

Entonces se le ocurrió otra cosa: ¿desde cuándo sabía aquello Amira? Ella tenía que haber visto una copia del testamento. Tenía que saber que no podía casarse con él y heredar al mismo tiempo. ¿Entonces... por qué se lo había pedido?

Brent siguió leyendo y su disgusto fue reemplazado por una furia que jamás se hubiera creído capaz de experimentar.

Un hijo.

Esas dos palabras flotaban frente a sus incrédulos ojos.

Amira había dejado que pensara que estaba seduciéndola cuando en realidad era al revés. Sólo quería tener un hijo para acceder a su herencia. Había interpretado el papel de doncella de hielo, tan inaccesible como para hacer que perdiese la cabeza. Había insistido en que el suyo fuese un matrimonio sólo de nombre, una relación sin sexo cuando durante todo el tiempo su plan era quedar embarazada...

Brent apretó los puños, furioso, para no tomar el ordenador y tirarlo por la ventana. Amira era una digna sucesora de su abuela, desde luego. Tan manipuladora como ella. Pero dudaba que Isobel hubiese aceptado a un hombre en su cama con el solo propósito de procrear para conseguir dinero.

Un hijo. Su hijo.

Una abrumadora ola de emociones lo embargó entonces. Un hijo suyo. Hiciese lo que hiciese Amira, él se aseguraría de que no consiguiera la custodia del niño. De ninguna manera dejaría que su hijo recibiera la inmoral influencia de Isobel Forsythe a través de su nieta.

Pasándose las manos por el pelo, Brent empezó a soltar palabrotas. Amira lamentaría haberlo engañado. Pagaría por su engaño y lo pagaría muy caro.

Tomó el teléfono de nuevo y marcó el número de su móvil, pero estaba desconectado. Y cuando llamó a su casa ocurrió lo mismo.

Pero la encontraría tarde o temprano. Podría huir, pero no podría esconderse para siempre.

El viento soplaba con fuerza sobre la isla, sacudiendo las palmeras de un lado a otro. Amira se levantó del escritorio y miró la playa desde la ventana del estudio.

Dos días después de que se hiciera pública la cancelación de su compromiso con Brent había sido imposible permanecer en Remuera porque tenía fotógrafos apostados frente a la casa día y noche. Y cuando estuvo a punto de chocar contra un paparazzi que la seguía en moto, se dio cuenta de que seguir allí era un riesgo para ella y para el niño.

De modo que hizo que una furgoneta con las ventanillas tintadas la llevase al puerto por la noche y, desde allí, fue en helicóptero hasta la isla. Y, durante un mes, allí era donde había estado, los empleados de la casa su único contacto con el mundo exterior.

Era una existencia solitaria, pero no había tenido más remedio. Y, afortunadamente, nadie imaginaba que estaba allí porque todos la creían en Sidney o en Europa.

Se preguntaba qué pensaría Brent y si habría intentando ponerse en contacto con ella cuando recibió el dinero. Lo echaba tanto de menos... pero para no pensar en él se mantenía ocupada con los deberes administrativos de la fundación y la alegría de descubrir los progresos semanales de su embarazo.

Unos días antes, aunque según los libros era imposible, había estado segura de sentir algo parecido a una patadita. Cómo le gustaría poder compartir todo eso con Brent.

Pero él no debía saber lo del niño. Amira recordó la redacción del acuerdo, cómo le había tendido una trampa para quedarse con el dinero y, seguramente, con la intención de no aparecer en la iglesia el día de la boda. Si supiera lo del niño, con toda seguridad empezaría a dar pasos para quitarle la custodia.

Y eso no iba a pasar, ella no lo permitiría. Aquél era su hijo, suyo. Alguien a quien amar y que la querría sin reservas.

Los ojos de Amira se llenaron de lágrimas, como solía ocurrirle tantas veces últimamente pero, secándolas con el dorso de la mano, siguió trabajando.

Se mantenía en contacto con el equipo de la función a diario. Todos habían prometido guardar el secreto de su paradero y, por el momento, nadie la había molestado.

Nada la había molestado hasta el día anterior.

Había despertado con un dolor en el abdomen y cuando fue al cuarto de baño se quedó horrorizada al ver que manchaba un poco. Estando embarazada de catorce semanas creía haber pasado ese primer momento de peligro. Conocía las estadísticas y se sentía segura.

Pero ahora estaba asustada de verdad, de modo que llamó a la clínica. La enfermera con la que habló le dijo que debía calmarse, que esos síntomas podrían desaparecer enseguida, pero le aconsejó que fuera a visitar al ginecólogo lo antes posible.

De modo que Amira había llamado a la compañía de helicópteros para que fuesen a buscarla. Pero, debido al viento que soplaba sobre la isla, por el momento les resultaba imposible ir a Windsong. Su isla paradisíaca, el santuario en el que se había alejado del ojo público se había convertido en una pesadilla.

El día anterior había estado todo el día en la cama y aquella mañana, afortunadamente, el viento había amainado lo suficiente como para que el helicóptero fuese a buscarla.

Pero cuando llegó al helipuerto comprobó que no era el que la había llevado allí, sino uno de una compañía cuyo logo no reconocía.

Una alta y oscura figura bajó del helicóptero y, cuando lo reconoció, fue como si hubiera recibido un jarro de agua fría en plena cara.

La había encontrado.

Brent cruzó los metros que los separaba en tres zancadas, los faldones de su chaqueta moviéndose por el viento que levantaba el giro de las aspas. Y no había la menor duda de que estaba furioso.

Sin poder ir a ningún sitio, Amira se quedó donde estaba, intentando controlar una ola de náuseas.

–Huyendo otra vez, ¿eh? –Brent señaló la bolsa de viaje que llevaba en la mano.

–¿A ti qué te importa dónde vaya? No tengo por qué darte explicaciones.

–¿Ah, no?

–No. Y ahora, por favor, vete de mi propiedad –le ordenó Amira, intentando copiar el tono superior de su abuela.

–Pero es que ésta no es tu propiedad.

–En cualquier caso, tú no tienes por qué estar aquí. Por favor, márchate.

–Tenemos cosas que hablar.

–No tenemos nada que hablar. Yo he cumplido con mis obligaciones ingresando ese dinero en tu cuenta y consiguiendo para ti un puesto en el consejo de administración de la Cámara de Comercio. Ahora, vete.

–¿Y qué pasa con mi hijo?

¿Lo sabía? Amira se quedó desolada. ¿Cómo podía haberlo averiguado?

–¿También pensabas pagarme por ello?

–Eso es ridículo, no estoy embarazada. ¿Cómo iba a estarlo? Además, no tengo tiempo para hijos. Estoy demasiado ocupada –Amira dio un paso atrás, pero Brent dio un paso adelante, tan cerca que podía ver los puntitos verdes en sus ojos.

–No me mientas más. Conozco las condiciones del testamento de Isobel y sé que me has utilizado para descartarme después. Además, olvidas que te conozco íntimamente y puedo ver los cambios que se han producido en ti.

Brent puso una mano en su abdomen, el calor de su piel atravesando la tela del vestido. Allí estaba otra vez, esa sensación de que el niño se movía... seguida de un dolor agudo.

–No me conoces en absoluto. Además, tú me habías tendido una trampa. No pensabas casarte conmigo en absoluto. Mi abogado se dio cuenta al leer el acuerdo.

Brent no dijo nada, pero su silencio decía más que las palabras.

–¡Déjame en paz de una vez!

–Esto no termina aquí, Amira. Pelearé hasta que no me quede una gota de sangre para que no consigas la custodia de mi hijo.

Después de decir eso se dio la vuelta para subir de nuevo al helicóptero y Amira levantó una mano cuando empezó a sentirse mareada…

–Brent…

Al girar la cabeza, se dio cuenta de que le ocurría algo. Estaba más que enfadada, más que a la defensiva. Estaba asustada y, de repente, también lo estaba él. Brent vio que se inclinaba un poco hacia delante, como si hubiera perdido el equilibrio… y pudo sujetarla un segundo antes de que cayera al suelo.

–Amira…

Estaba comprobando su pulso cuando notó una mancha de sangre en su vestido. Y un miedo que no había experimentado nunca paralizó su corazón.

Para entonces el piloto del helicóptero corría hacia él con un botiquín en la mano, pero para solucionar aquello hacía falta mucho más que un botiquín de primeros auxilios.

–¡Llame al helicóptero de rescate ahora mismo!

Brent apartó el pelo de su cara y la apretó contra su pecho, intentando evitarle el dolor, pasarle algo de su vitalidad.

No había rezado desde que era niño pero, de repente, se encontró murmurando oraciones que apenas recordaba para mantener a salvo la pequeña vida que crecía dentro de ella antes de que fuera demasiado tarde.

Capítulo Trece

Amira miró la habitación del hospital en la que se encontraba, luchando para contener la pena que amenazaba con ahogarla. Ya no podía tener esperanza alguna para el futuro. Lo había perdido todo: su herencia, la fundación Fulfillment, el hombre al que amaba y, sobre todo, a su hijo.

Y era culpa suya.

Sí, el especialista había dicho que era cosa de la naturaleza, que nadie podría haberlo evitado, que esas cosas no se podían controlar... pero Amira nunca podría perdonarse a sí misma.

Se había negado a recibir visitas salvo las de Gerald. Los enormes ramos de flores que llegaban a diario eran un insulto para unos ojos que habían llorado demasiado y había devuelto cada uno de ellos, pidiéndole a las enfermeras que los llevasen a otra habitación, a otra sala, donde alguien pudiese apreciarlos.

Amira se acercó a la ventana con piernas temblorosas y miró, sin ver, el cielo cubierto de nubes. La hemorragia que se había llevado a su hijo también había estado a punto de quitarle a ella la vida, y a veces casi deseaba que así hubiera sido porque ¿qué le quedaba a partir de aquel momento?

Las nubes se abrieron en ese instante, descargando una lluvia feroz. Debajo, en la acera, la gente corría para encontrar refugio y, mientras los miraba, Amira jamás se había sentido más alejada del resto del mundo.

–¿Nos vamos?

La voz de Gerald hizo que se pusiera en movimiento. Sonaba como si hubiera envejecido cien años en los últimos días. Y ella sentía lo mismo.

–Sí, vámonos.

–¿Seguro que quieres ir a la casa? Ha habido todo tipo de especulaciones en la prensa sobre tu estancia en el hospital. Algunos incluso han hablado de un aborto. Y no van a dejarte en paz.

Amira se obligó a sí misma a relajar los hombros y hablar en tono pausado:

–Que especulen todo lo que quieran. Dentro de nada, esta historia ya no le interesará a nadie.

–¿No quieres llevarte esto?

Ella miró la tarjeta hecha a mano que Casey McLauchland le había enviado al saber que estaba en el hospital.

–No, prefiero dejarla aquí.

–¿Pero no es de uno de los niños...? –Gerald la dejó sobre la cama–. Ya entiendo.

Pero no lo entendía. Nunca entendería lo devastador que había sido para ella recibir el mensaje de ánimo de una niña a la que le había hecho tantas promesas que ya nunca podría cumplir.

Gerald la llevó a la casa y, una vez en su habitación, Amira se dejó caer sobre uno de los sillones.

–Siento tener que sacar este tema precisamente ahora, pero hay algo de lo que tenemos que hablar.

–Lo sé, el préstamo. Pero no puedo pensar en eso ahora mismo. ¿No puedes pedirle a la financiera que espere unos días más?

–Veré lo que puedo hacer, pero te advierto que me están exigiendo una respuesta.

–Gerald, por favor…

El hombre le dio un golpecito en el hombro.

–Lo sé, cariño, lo sé. ¿Seguro que no puedo hacer nada más por ti?

–No, nada. Gracias por traerme a casa.

–Llámame si necesitas algo, cualquier cosa.

Amira sonrió como respuesta. No pensaba llamarlo. Lo que necesitaba, Gerald no podía dárselo. Pasara lo que pasara a partir de aquel momento, sabía que había perdido su herencia. No iba a soportar el miedo y la preocupación de otro embarazo sólo para cumplir con el enfermizo deseo de una mujer cuyo único objetivo había sido controlar su vida. Y tampoco quería casarse con nadie.

De modo que el futuro se presentaba muy negro; la preocupación por el préstamo, una losa más sobre sus hombros.

El atardecer dio paso a la noche, pero no se movió de donde estaba. Al final, Amira logró salir de su estupor y fue a la cocina para hacerse una taza de té. Cuando pasaba al lado del teléfono vio la lucecita del contestador encendida y, después de pulsar el botón, escuchó la desagradable voz de Roland:

–Siento mucho que hayas perdido a tu hijo, Amira. Pero da igual, si te portas bien puede que te deje vivir conmigo. Siempre he fantaseado sobre ti y…

Amira tiró del enchufe y lanzó el aparato al otro lado de la habitación, asqueada. Temblando, se deslizó hasta el suelo. ¿Qué iba a hacer con su vida?

Al día siguiente Amira se atrevió a pasar por las oficinas de la fundación. Cualquiera que viese su inmaculado traje de chaqueta y las elegantes botas de tacón jamás imaginaría la angustia que sentía por dentro. Pero tenía que hablar con los empleados para decirles que la fundación no podría seguir adelante y estaba dispuesta a hacerlo en persona, sin delegar en nadie.

–¡Amira! Qué alegría que hayas venido. Llevo toda la mañana llamándote –la saludó Caroline, la secretaria de la fundación–. No te lo vas a creer. Al principio, ni yo misma me lo creía.

–¿Qué ha pasado?

–Ven a mi ordenador y compruébalo por ti misma –dijo Caroline entonces, con una alegría contagiosa–. Ven, siéntate.

Amira miró la pantalla del ordenador, que reflejaba las cuentas de la fundación. ¿Pero qué era aquello? Atónita, parpadeó varias veces, convencida de haber leído mal. Había un ingreso millonario en la cuenta, un donativo que podría mantener en pie la fundación durante un año al menos.

La fundación Fulfillment podría seguir adelante. Pero tenía que ser un error del banco, se dijo.

–¿Has llamado...?

–¿Al banco? Por supuesto, es lo primero que hice. Es un donativo anónimo. Nuestro benefactor no quiere que se sepa su nombre.

Un donativo anónimo.

Amira se dejó caer sobre la silla. ¿Podía ser verdad? ¿Por fin su campaña para recaudar fondos había dado resultado?

–Es asombroso –dijo, casi sin voz.

El despacho de Caroline se había llenado de gente y Amira encontró fuerzas para levantarse.

–¿Qué hacéis ahí? Venga, id a vuestros despachos. ¡Tenemos mucho trabajo que hacer! –rió, emocionada.

–Estoy muy orgullosa de ti –dijo Caroline entonces–. Pensé que no llegaríamos a ningún sitio, pero lo has conseguido.

–Gracias. Aunque no sé qué haríamos sin ti.

Más alegre de lo que había pensado que podría estarlo nunca más, Amira se sentó frente a su escritorio y empezó a revisar el correo. Un sobre en particular llamó su atención. Tenía un sello de *Personal y Confidencial* y el logo de un conocido bufete de abogados.

Sorprendida, abrió el sobre y sacó el folio que había dentro. Por lo visto, eran los representantes legales de la persona que había hecho el donativo y que insistía en permanecer en el anonimato. Entonces miró la fecha. La carta había sido enviada antes de que ingresara en el hospital. Ahora entendía que el personal de la fundación se hubiera llevado tal sorpresa al ver el donativo. Ninguno de ellos abriría su correo personal.

Pero su sonrisa se congeló al leer la siguiente frase:

Este donativo se hace con la condición de que Amira Forsythe se retire de su puesto como presidenta de la fundación Fulfillment de manera efectiva el día que se depositen los fondos.

¿Que dejase la presidencia de la fundación? ¿Por qué? Había pensado que nada podría dolerle más después de todo lo que había pasado, pero aquello...

Y estaba muy claro: si se quedaba, se retirarían los fondos. Pero si se marchaba, la fundación recibiría un donativo anual por la misma cantidad con objeto de que siguiera cumpliendo su misión para con la sociedad.

Amira se levantó de la silla, aunque le fallaban las piernas. Lo único que tenía que hacer era firmar el documento y devolverlo por fax al bufete. De modo que lo firmó y, con manos temblorosas, consiguió enviarlo.

El resto del día lo pasó en un estado de semiletargo. Ni siquiera la emocionada voz de Casey, contándole con detalle lo bien que lo había pasado en Disneylandia fue capaz de penetrar esa helada carcasa en la que parecía estar envuelta.

Al final del día, fue la última en salir de la oficina y dejó una copia de la carta que había devuelto al bufete sobre el escritorio de Caroline. Al día siguiente todo el mundo lo sabría.

Después de echar un último vistazo a la oficina que con tanta ilusión había montado ella misma, Amira apagó las luces y cerró la puerta.

Cuando llegó a casa, le daba igual su aspecto. No le importaba que su cabello estuviera despeinado o que el carmín de los labios hubiera desaparecido horas antes, mientras tomaba incontables tazas de té o que la máscara de pestañas hubiera dejado manchas oscuras bajo sus ojos.

Ya todo le daba igual.

Arrastrando los pies, logró subir hasta la entrada y meter la llave en la cerradura. Estaba sola, pensó. Sola y en la ruina. Y aún tenía que pagar el préstamo.

Con la pensión anual que recibía no podría pagar ni un uno por ciento del dinero que había pedido prestado usando su herencia, la herencia que ya no iba a recibir, como aval. Y toda esperanza de futuro había muerto para ella. El dinero que le quedaba en el banco y el que pudiese ganar en el futuro tendría que servir para atender ese préstamo.

Pero al menos la fundación podría seguir adelante. Aunque ya no fuera su presidenta, ella había hecho realidad el proyecto. Al menos tenía eso.

Amira decidió hacerse un té y, después, salió a la zona principal de la casa y se detuvo frente al retrato de su abuela.

–Has vuelto a ganar, Isobel. Espero que estés contenta.

Mientras tomaba un sorbo de té se preguntó de nuevo por qué Isobel habría sido tan inhumana con su única nieta. Pero, fuera por lo que fuera, no lo sabría nunca.

Luego subió al primer piso y se sentó frente al retrato de su padre, buscando alguna conexión con el sonriente hombre de ojos tan parecidos a los suyos.

Qué diferentes habrían sido las cosas si sus padres no hubieran muerto aquel día, pensó. Pero ella no podía cambiar el pasado como no podía satisfacer las demandas de su abuela.

Buscó entre sus recuerdos la voz de su padre, los ojos de su madre... pero en esos dieciocho años los recuerdos se habían borrado casi del todo. Sin embargo, sabía que ellos la habían querido de verdad. Y necesitaba encontrar eso otra vez. Cuánto deseaba encontrarlo.

–¿Amira?

Ella, asustada, dejó caer la taza de té.

–¡Brent! ¿Qué haces aquí? ¿Cómo has entrado?

–He llamado a la puerta varias veces... y como estaba abierta y no respondías, me he decidido a entrar. Estaba muy preocupado por ti...

–¿Ah, sí?

–No has querido verme mientras estabas en el hospital y quería comprobar que estabas bien.

–No deberías haberte preocupado –contestó ella, echando mano de la famosa sangre fría de los Forsythe–. Como ves, estoy perfectamente.

–Quería decirte que… yo estaba equivocado –empezó a decir Brent, después de aclararse la garganta–. Y que lo siento mucho.

¿Que lo sentía mucho? Amira lo fulminó con la mirada y Brent cambió el peso de su cuerpo de un pie a otro, como si no fuera el hombre seguro de sí mismo que ella sabía que era. Luego abrió la boca como si fuera a decir algo más pero, sacudiendo la cabeza, se dio la vuelta.

–¡Espera! –gritó ella entonces–. No puedes venir aquí a decirme que lo sientes y marcharte luego así como si no hubiera pasado nada. Así que lo sientes, ¿y qué? Habías planeado dejarme plantada el día de la boda mientras te llevabas el dinero. ¿Eso es lo que sientes, haberte portado como un canalla? Porque si es eso, puedes meterte las disculpas…

Brent subió la escalera a toda velocidad y, sin decir una palabra, la tomó entre sus brazos.

–Lo sé, soy un canalla, es verdad. No puedo pedirte ni esperar que me perdones por lo que he hecho. Sé que es inexcusable, pero te lo suplico, Amira, perdóname. Y, por favor, dame otra oportunidad.

Ella se apartó, perpleja.

–¿Por qué iba a hacerlo? ¿Cómo puedo confiar en ti otra vez? ¿Cómo voy a saber que no tienes planeado engañarme de nuevo?

–Necesito que confíes en mí, como yo debería haber confiado en ti –Brent miró alrededor–. ¿No podemos seguir hablando en tu apartamento? Esta casa me da escalofríos.

Amira se inclinó para tomar la taza del suelo y luego, sin decir una palabra, empezó a bajar la escalera. Una vez en su apartamento, se dejó caer sobre un sillón y lo miró, en silencio. Seguía sin creer que estuviera allí. Y, aunque su corazón daba saltos dentro de su pecho, sabía que debía ir con cuidado.

–¿Qué tenías que decirme?

Brent se sentó en el sofá, mirándola a los ojos.

–Tengo muchas cosas que decirte, pero antes de empezar ¿puedes decirme tú por qué rompiste nuestro compromiso?

–Ya sabes por qué, por la cláusula en el testamento de mi abuela. Yo no sabía nada de esa cláusula hasta que fue demasiado tarde, pero... en fin, ya da igual.

–No, no me refiero a este compromiso, sino a lo que pasó hace ocho años.

–¿Qué más da, Brent? No estabas muy interesado en saberlo entonces, ¿por qué te interesa ahora?

–Vine aquí desde la iglesia ese día. ¿Es que no lo sabías?

La expresión de Amira le dijo que no tenía ni idea, confirmando su convicción de que Isobel lo había orquestado todo como una maniobra militar, incluyendo pedirle a los empleados que guardasen silencio.

–¿Para qué viniste?

–Para intentar convencerte de que volvieras a la iglesia conmigo –contestó él.

–¿Por qué no intentaste ponerte en contacto conmigo después, si estabas tan interesado?

–Porque estaba furioso contigo, con Isobel, con el mundo entero. Cuando el ama de llaves me dijo que tu abuela y tú os habíais ido, pensé que lo tenías todo planeado. Parecía demasiado calculado como para haber sido algo repentino. Me dijeron que no estabais aquí y que no se os esperaba en algún tiempo –recordó Brent, con tono amargo–. Y yo terminé poniendo toda mi frustración en el trabajo. Cuando volviste estaba tan ocupado intentando levantar mi negocio que no quería excusas ni explicaciones. Lo único que quería era olvidarme de lo que había pasado, olvidarte... sé que hice mal, pero estaba intentando limpiar mi nombre, labrarme un futuro –entonces se levantó y empezó a pasear por la habitación–. No estoy diciendo que hiciera bien. Seguramente fue algo inmaduro por mi parte, pero eso fue hace ocho años. Aunque reconozco que no supe manejar la situación.

–¿Por qué no me contaste lo de tu negocio?

Brent dejó de pasear y metió las manos en los bolsillos del pantalón.

–Entonces no quería preocuparte. Pensándolo ahora, seguramente me sentía inseguro porque tú eras quien eras. No quería darte ninguna excusa para que te echases atrás. Tu abuela había dejado claro muchas veces que no aprobaba nuestra relación, que mi situación financiera no era aceptable para ella. Y sabía que, si Isobel descubría lo que había pasado antes de la boda, intentaría convencerte para que no te casaras conmigo. No quise arriesgarme, Amira –le dijo, sentándose en un sillón a su lado–. No quería perderte, pero no podía competir con ella.

A Amira le temblaban los labios, y Brent se maldijo a sí mismo. No quería hacerla llorar otra vez.

–Ella me dijo que tú me lo habías escondido a propósito. Desde que desperté esa mañana insistió en ello, mostrándome el periódico y diciéndome que aún no era demasiado tarde. Yo ya me había puesto el vestido de novia y seguíamos discutiendo cuando mi abuela empezó a quejarse de un dolor en el pecho. El médico llegó enseguida e insistió en que había que llevarla al hospital, pero mi abuela se negaba a ir a menos que yo le prometiese que no seguiría adelante con la boda. No pude hacer nada, Brent. Me daba pánico que muriese si me casaba contigo. Y me sentía dolida porque no me habías contado lo que te pasaba. Pensé que, si me habías escondido eso..., podrías haberme escondido muchas más cosas. Que a lo mejor mi abuela tenía razón y sólo querías casarte conmigo por mi apellido y por la posición de mi familia. Tú fuiste mi primer novio, mi primer amor, estábamos a punto de casarnos. Si no podía confiar en ti del todo, ¿en quién podía confiar? Por eso intenté hablar contigo. Tu teléfono estaba desconectado, así que llamé a Adam... pero tampoco contestaba y, al final, no me quedó más remedio que mandar un mensaje.

Brent, con un nudo en la garganta, apretó su mano.

–Amira…

–En el hospital nos dijeron que mi abuela no tenía nada pero, en lugar de volver a casa, ella pidió que enviasen nuestras maletas directamente al aeropuerto. Lo había planeado todo. Cuando le pregunté por qué lo había hecho me dijo que porque sabía que, tarde o temprano, tú me defraudarías. Y yo la creí.

Él dejó escapar un gemido de angustia. Intentando protegerla, había terminado destrozándolos a los dos.

–Yo tenía mis razones, mis inseguridades –dijo en voz baja–. Eso era lo que me empujaba a triunfar. Fui demasiado estúpido como para darme cuenta de que te estaba alejando de mí.

Pensó entonces en su infancia, en esa sensación de estar en deuda con su tío, aunque le había devuelto hasta el último céntimo. En el deseo de no tener que depender nunca de nadie.

–¿Cómo podía hablarte de mis miedos? Pensé que, viniendo de una familia como la tuya, no lo entenderías.

–Pero eso es lo que hacen las parejas, se ayudan el uno al otro, se apoyan para soportar lo que la vida les ponga por delante –dijo ella.

–Yo quería darte todo lo que tenías… y más. No quería que te faltase nada. ¿Cómo crees que me sentí al saber que lo había perdido todo? No podía perderte a ti también.

–El dinero no lo es todo, Brent. Nos habríamos arreglado de alguna forma.

–A ti nunca te ha faltado nada. Nunca has tenido que mirar el precio de algo que necesitabas comprar o pensar en lo que vale lo que llevas puesto... el coche que conduces, la casa en la que vives –Brent se levantó y empezó a pasear de nuevo–. Yo pensaba que tendría que competir con todo eso y, cuando apareció la noticia en el periódico esa mañana, me agarré a la esperanza de que me quisieras lo suficiente como para casarte conmigo de todas formas. Te necesitaba entonces más de lo que te había necesitado nunca y me dolió tanto que desaparecieras... por eso aproveché la oportunidad de vengarme de ti, para castigarte por elegir el dinero antes que a mí.

Amira, pálida, apretó los puños, pero Brent se inclinó para tomar sus manos, enredando los dedos con los suyos.

–Créeme, siento muchísimo todo lo que ha pasado. Entonces y ahora. Debería haber imaginado que Isobel intentaría apartarme de ti como fuera.

–Y yo debería haberle hecho frente.

–¿Cómo ibas a hacerlo cuando llevaba tantos años manipulándote? Pero ahora ya no está, ya no puede hacerte nada.

Ella rió, un sonido hueco y triste que le llegó al corazón.

–¿Que no puede? Tú mismo has leído su testamento. Incluso después de muerta ha conseguido lo que quería: alejarme del hombre del que estoy enamorada. Admito que te utilicé para quedar embarazada, pero lo hice porque no podía imaginarme casada con otro hombre.

Brent estaba centrado en una parte de esa respuesta: «el hombre del que estoy enamorada».

–¿Vas a casarte conmigo?

–¡No puedo hacerlo! –Amira se apartó de un tirón, escondiendo la cara entre las manos.

–Isobel no quería que te casaras conmigo, pero si pudieras hacerlo, ¿lo harías?

–Sí.

Estaba tan angustiada que el monosílabo fue casi inaudible y a Brent se le encogió el corazón porque, de nuevo, estaba haciéndole daño. Y, sin embargo, su respuesta le daba nuevas esperanzas.

Amira lo amaba, y saber eso lo hacía sentir invencible. Aquello era lo que echaba de menos en su vida. Aquello era lo que había hecho que el fin de semana en Windsong fuera tan especial.

Y supo entonces sin la menor duda que también la amaba. Ahora, lo único que tenía que hacer era convencerla.

–Amira, mírame –Brent apartó las manos de su cara–. No podemos dejar que nos gane otra vez. Aún tenemos toda la vida por delante y yo te quiero demasiado como para dejarte escapar. Yo estaba tan... obsesionado por hacerte pagar por lo que me hiciste hace ocho años que, cuando supe que estabas embarazada, tuve que ir a verte. No podía creer que hubieras vuelto a engañarme. Sabía que tú eras la única benefactora de la fundación Fulfillment y decidí apartarte de la dirección porque...

–¿Qué? –exclamó ella–. ¿Eres tú? ¿Tú eres la persona que ha hecho ese donativo anónimo... el que me ha apartado de la presidencia de la fundación? –Amira se levantó, indignada.

–Quería vengarme, sólo podía pensar en eso. No pensé en el daño que te haría, sólo quería...

–¿No pensaste en el daño que me harías? –lo interrumpió ella.

–Quería hacerte lo mismo que tú me habías hecho a mí cuando me dejaste. En los últimos años, cada vez que te veía en las revistas o en televisión, me parecías sólo una cara bonita que hablaba en nombre de las asociaciones benéficas como podría haber hablado de cualquier otra cosa... pensé que en realidad no te interesaban esos proyectos. Echarte de la fundación, especialmente al ver el desastre económico en el que se encontraba... en fin, hasta ahora no sabía lo importante que era para ti.

–¿Cómo has podido hacerme eso? Era todo lo que me quedaba –Amira señaló la puerta, furiosa–. Vete de aquí. Por favor márchate y déjame sola.

–¡No! Me he dado cuenta de lo idiota que he sido, de lo equivocado que estaba. Esas asociaciones son una parte de tu vida y tú eres parte de su éxito. Yo no podría quitarte eso, Amira. Me avergüenzo de haberlo intentado –Brent dejó caer los brazos. Lo único que deseaba en aquel momento era besarla, consolarla por haberle hecho pasar por un infierno, convencerla de que debían estar juntos–. Créeme, Amira. Durante la última semana he descubierto muchas cosas sobre mí mismo. Y la mayoría de esas cosas no me gustan nada. Pero también he descubierto cuánto te quiero. Cuando te desmayaste en la isla... no he estado más asustado en toda mi vida, te lo juro. Y es algo por lo que no me gustaría volver a pasar. Pensé que iba a perderte... un minuto antes estábamos discutiendo y luego, de repente, perdiste el conocimiento. Habría dado todo lo que tenía para que te pusieras bien, pero cuando llegamos al hospital te llevaron a Urgencias y no pude volver a verte.

–Yo no recuerdo nada de eso. Lo que recuerdo es que me desperté en la sala de reanimación y el médico me dijo... –Amira, de nuevo, se tapó la cara con las manos.

A Brent se le rompía el corazón al verla tan desolada, pero cuando intentó abrazarla ella estaba rígida.

–Por favor, no me rechaces. Intenté verte en el hospital. Esperé, te envíe flores todos los días... pero no me dejaban entrar en la habitación. Quería decirte que había sido un loco, que te amaba y que lamentaba todo lo que había pasado. Especialmente la pérdida del niño.

–¿Pero es que no lo ves? Nada de eso importa ya. No me queda nada. Tú me lo has quitado todo.

–Mi abogado me ha dicho que has devuelto el documento de renuncia firmado y yo le he pedido que lo rompa. Ahora sé que la fundación no sería nada sin ti.

–¿Qué?

–Y le he pedido al administrador de mi empresa que devuelva el dinero que ingresaste en mi cuenta. No quiero ese dinero, Amira, no me lo habría quedado aunque no hubieses perdido el niño. Por favor, deja que te compense por mis errores. Deja que te quiera como mereces ser querida. Por favor, Amira, dame otra oportunidad.

–No sé si puedo hacerlo. No sé si puedo volver a confiar en ti.

–¿No me quieres?

–¿Qué tiene eso que ver? Siempre te he querido, incluso cuando me hacías daño. ¿En qué clase de ser patético me convierte eso?

–En la clase de persona que merece lo mejor. En la clase de mujer con la que quiero pasar el resto de mi vida. Cásate conmigo, Amira. Vamos a olvidar el pasado. Vamos a olvidarnos de Isobel y de sus ridículos dictados. Si puedes encontrar en tu corazón la generosidad suficiente como para perdonarme, prometo compensarte por todo.

Una risita irónica sacudió el cuerpo de Amira al escuchar la frase que ella misma había pronunciado unos meses antes.

–No quiero que me compenses por nada.

Brent la soltó, con el corazón roto. La había perdido par siempre y el dolor era indescriptible.

–Lo siento. Nunca sabrás cuánto lo siento –murmuró, dirigiéndose a la puerta–. No volveré a molestarte.

–¡Brent, espera! –Amira corrió tras él para echarle los brazos al cuello–. He dicho que no quiero que me compenses, no he dicho que no quiera casarme contigo. No podemos cambiar lo que ha pasado entre nosotros, pero para mí es suficiente con ser la mujer de la que estás enamorado. Te quiero, Brent. Siempre te he querido y siempre te querré... cada día y cada noche durante el resto de mi vida.

–¿Te casarás conmigo, aunque eso signifique decirle adiós a todo esto? –le preguntó él, señalando la casa en la que había vivido durante los últimos dieciocho años.

Y Amira se dio cuenta entonces de que no significaba nada para ella. Sí, ella era la última de la saga Forsythe, pero allí era donde terminaba.

–Sí.

Además del retrato de su padre, no había nada allí que quisiera llevarse, nada que fuera suyo de verdad. Nada más que el hombre que la tenía entre sus brazos.

–Ya no importa. Que se lo quede todo Roland. Mientras te tenga a ti, no necesito nada más.

–Yo cuidaré de ti... de ti y de la familia que vamos a tener. Y si quieres, podemos hacerle una oferta a Roland por la casa. Gerald Stein me habló de tus planes... me dijo que querías convertirla en un centro de acogida y una oficina para la fundación. Aún podemos hacer eso. Yo la compraré si eso es lo que quieres.

Amira levantó una mano para acariciar su rostro, ese rostro que le era tan querido. Y lo besó, intentando poner en ese beso lo mucho que significaba para ella lo que acababa de decir.

Y Brent lo entendió. Amira lo sintió en su cuerpo, en el brillo de sus ojos, en cómo la abrazaba.

–Te quiero –murmuró.

–Vamos a casa entonces –sonrió él, tomando su mano.

Mientras salían de la casa, Amira se dio cuenta de que la sensación que experimentaba en aquel momento era... la libertad. Libertad de las expectativas de Isobel, libertad para no tener que hacer siempre lo que los demás esperaban de ella.

La libertad de amar al único hombre al que había querido en toda su vida.

En el Deseo titulado
Abandonados a la pasión, de Yvonne Lindsay,
podrás continuar la serie
MILLONARIOS IMPLACABLES